EDITION 211

Michael Böhm

Herr Petermann und das Triptychon des Todes

Roman

EDITION 211

Giacomo Puccini »TOSCA«, Deutsche Übersetzung für DECCA von Gerd Ueckermann, 1988

Das Zitat stammt aus der »Odyssee« von Homer, nach der Übersetzung von Roland Hampe, erschienen im Reclam Verlag, Stuttgart 1979.

1. Auflage
Lektorat: Christiane Geldmacher
Satz/Layout: Martina Stolzmann
Covergestaltung: Martina Stolzmann
Titelmotiv: Fotolia/bonciutoma
Druck: CPI – Clausen & Bosse, Leck
Made in Germany
ISBN 978-3-95669-018-1
www.bookspot.de

Meinen Dank an Christel
und an Manuel.
Meine Verehrung für
Giacomo Puccini und
Giuseppe Verdi

Kein Mensch,
der das Geld liebt,
kann gut sein.

Antisthenes

Prolog

1

Zu Arthur hatte ich gesagt, er solle sich vorstellen, ich sei der Ober, der, eine weiße Serviette über dem angewinkelten linken Unterarm, ein silbernes Tablett in der Hand, die letzte Rechnung präsentiert. Wem ich die Rechnung bringen wollte, hatte mich Arthur nicht gefragt. Ich hätte es ihm nicht gesagt.

Ich war im Odenwald unterwegs, dessen Wälder der Herbst schon mit leuchtenden Farben bemalte. Mit einem schwarzen Kleinwagen fuhr ich auf einer kurvenreichen, schmalen Straße vom Fuß der Tromm den Hang des Höhenrückens hinauf. Zweimal schon hatte ich kurz angehalten, um meinen Kurs auf der Karte zu überprüfen; mein Gefährt hatte kein Navi. Es erwies sich als eine gute Entscheidung, mir eine Karte in großem Maßstab zu besorgen. Gut, ich hatte einen genauen Ausdruck meines Zielgebietes auf dem Beifahrersitz liegen. Doch noch befand ich mich in der Anfahrt, war jedoch relativ gewiss, dem richtigen Leitstrahl zu folgen.

Nur drei Kurven weiter stand das blaue Schild neben der Fahrbahn, das den nahen Wanderparkplatz ankündigte. Gleich darauf rollte ich auf die mit Kies bestreute, freie Fläche, die zur Straßenseite hin mit Sträuchern getarnt war. Mein kleines Auto war das einzige unter den Bäumen. Das war mir nur recht, obwohl ich nicht annahm, dass sich zufällig jemand später an diesen unscheinbaren Kleinwagen würde erinnern können.

Noch einmal sah ich mir Karte und Ausdruck an, nahm vom Sitz neben mir das Fernglas, angelte vom Rücksitz den Rucksack. Bekleidet war ich mit einem graugrünen Anorak, braunen Cordhosen und Wanderschuhen. Nichts Auffälliges fand sich an meinem Äußeren. Ich war ein x-beliebiger Wanderer.

Vom Parkplatz aus folgte ich dem Hinweisschild zur Tromm in den Wald hinein.

Schritt für Schritt stapfte ich auf dem breiten Waldweg seit mehr als einer halben Stunde stetig aufwärts. Es war sehr still, sogar die Vögel schienen sich nicht unterhalten zu wollen. Und noch war mir niemand begegnet. Von irgendwoher strich mir ab und zu Modergeruch in die Nase, ein Geruch, der mich an meinen Garten erinnerte, wo er aus der Kompostecke kam, in der das Laub lag, und manchmal bei entsprechendem Wind bis zum Haus zu riechen war.

Auf einmal, ja, wie als Blitz aus heiterem Himmel, kam es zu einem Treffen, mit dem ich wirklich nicht hatte rechnen können. Ein Hund, einer von der größeren Sorte, schwarz wie die Nacht, hetzte den Berg herunter, direkt auf mich zu. Im Moment, als er das Hindernis auf seiner Laufstrecke wahrnahm, stemmte er seine Pfoten in den mit braunen Blättern bestreuten Weg, rutschte mir entgegen. Wo kam das Tier plötzlich her? Auf einem Spaziergang ausgebüxt? Nun, da standen wir uns also gegenüber, beide überrascht, nur wenige Schritte trennten uns. Der Hund fletschte sein Gebiss, knurrte. Starr sah ich ihm in die Augen. Auf Angstschweiß würde seine feine Nase vergeblich warten. Ganz langsam ging ich auf ihn zu. Sein Knurren verstummte, und dann, ich stand knapp vor ihm, zog er seinen Schwanz ein. Und schon machte er auf der Stelle kehrt, raste den Weg aufwärts und kam schnell außer Sicht.

Was war das für ein Spuk gewesen? Sollte ich den friedlichen Ausgang als ein gutes Omen nehmen? Oder doch eher als eine Warnung?

Über mich selbst lächelnd setzte ich meine Wanderung fort.

Mein Weg führte mich durch einen Kastanienhain. Esskastanien. Sie lösten Erinnerungen an meine Kindheit und das Internat aus. Ich bückte mich immer wieder, holte mit spitzen Fingern die einzelnen braunen Kastanien aus der stacheligen Fruchthülle und steckte sie in meine Anoraktasche. Kurz streifte mich der Gedanke, dass diese Frucht, die früher Nahrung für arme Leute gewesen war, heute die Spitzenküche verfeinert.

Nach nicht ganz einer Stunde seit meinem Abmarsch vom Parkplatz wurde es zwischen den Bäumen lichter, die Höhe war also nicht mehr weit.

Dann stand ich im Halbschatten unter den letzten Bäumen. Vor mir breitete sich eine Wiese aus, die ein ganzes Stück weiter vorne ins Tal abfiel. Ich hörte einen Bach rauschen. Das musste der Bach sein, der die Grenze zu Heinrichs Jagdrevier markierte. Hin und wieder segelte ein gelblich braunes Blatt neben mir zu Boden, immer dann, wenn eine leichte Windböe über die Höhe strich.

Mit dem Fernglas schaute ich mir den Wald jenseits des Taleinschnitts an. Dort irgendwo stand auf einer Lichtung das Jagdhaus. Das helle Band des Weges, das von einer Graskuppe zu dem Wald hinführte, lag verlassen. Ich entdeckte keine sichtbaren Hinweise auf die Anwesenheit von Menschen in diesem Wald gegenüber. Aber sie waren da, ganz sicher.

Süsse Kirschen

2

Durch die Flügeltüren sehe ich über die Terrasse, an den Bäumen im Garten vorbei hinunter zum See. Beinahe unbeweglich schweben weißgraue Nebelschwaden über dem dunklen Wasser, dem ockerfarbenen, schmalen Schilfgürtel, den schwarzen Bootshäusern, sie lassen dahinter nur verschwommen das Grün und Rotbraun der Bäume erahnen.

Gott raucht seine erste Zigarette. Mit diesen schönen, poetischen Worten hat Cees Nooteboom einmal den Frühnebel beschrieben.

Ich sitze im Salon meines Landhauses am Rande des Weilers Kimmling-Hof, der zwischen dem kleinen Ort Kimmling und dem See auf einem Hügel liegt. Hier habe ich die Ruhe gefunden, die ich unbedingt suchte und die ich schon verteidigen musste. Niemand bekommt eben etwas umsonst. Jahrzehnte saß ich auf der winzigen Spitze des großen Erfolges. Gründete gemeinsam mit einem Freund ›Pythagoras‹ und führte das Weltunternehmen nach dem Ausscheiden von Rainer Fall lange Jahre alleine. Nach dem Tod meiner Frau Susanne konnte ich keinen Sinn mehr erkennen in dem, was ich da machte. Ich fand das Haus über dem See und zog mich aus der Hektik der Geschäftswelt zurück.

Ich fühle mich rundherum gut. Sehe mein zufriedenes Lächeln im Fenster.

Der nahe Baum draußen lässt mich gleich an Korbinians Nussbaum denken. Seit einigen Tagen bläst der Wind die reifen Wallnüsse vom Baum, die Martha, die Frau meines Freundes Korbinian, zudem meine Haushälterin, eine wahre Perle, jeden Abend für die Adventszeit aufsammelt.

Vor mir liegt das aufgeschlagene, neue, rote Buch. Ich will damit beginnen, in meinen Rückspiegel zu sehen, will quasi einige Schritte von mir selbst zurücktreten, gedanklich Distanz herstellen, möchte die Vergangenheit notieren, als sie noch eben Gegenwart war. Ich suche nach dem Augenblick, aus dem ich mit Worten den ersten Satz, den zweiten Satz, den ersten Abschnitt bilden und mit grüner Tinte niederschreiben werde.

War es der Moment, als in gemütlicher Runde an einem der letzten warmen Tage eine Geschichte erzählt wurde, die dazu führte, dass ich mir ein Segelboot werde bauen lassen?

Oder doch eher mein Besuch in München bei dem bekannten, inzwischen verstorbenen Innenarchitekten Gert Fontana?

Ich schraube den Füller wieder zu. Zunächst einmal muss ich meine Gedanken wie einen Teppich ausbreiten, um sie dann so zu sortieren, wie ich sie mir wünsche.

3

Auf dem Rad strampelte ich hinüber zum Kloster. Hochwürden Demme, Pfarrer von Kimmling und Drumherum, sprach mir, einem der Unterstützer der aufwändigen Instandsetzung des alten Gemäuers sowie Mitglied der *Freunde des Klosters*, das Privileg zu, wann immer mir der Sinn danach stehe, dort zu erscheinen. Von der Straße über Kimmling aus sah ich, dass drüben auf der anderen Talseite, auf der Steinkirchner Höhe, das dritte Windrad errichtet wurde. Die spätsommerliche Sonne erwies sich als ein unerwünschter Gegner und ich war darum froh, in die schattige Allee zum Kloster abbiegen zu können. Ein Stück weit führte der Weg leicht aufwärts, bevor ich den Torbogen erreichte, gleich weiter in den Innenhof hineinrollte und dort mein Rad abstellte. Als ich mich umsah, entdeckte ich die offenstehende Holztür, die zu den Gewölben hinab führte. Vorsichtig stieg ich die Stufen hinunter, folgte unten einem nur notdürftig beleuchteten Gang. Erst weiter hinten begannen die Gewölbe, die erst vor einigen Wochen zufällig entdeckt worden waren.

Plötzlich tauchte vor mir ein Mann auf, stellte sich mir in den Weg, gab sich mit strenger Miene erbost, deutete auf seinen gelben Helm, fragte, warum ich ohne herumlaufe. Die Gewölbe seien nämlich längst nicht so stabil, wie es den Anschein erwecke.

Im Stillen fragte ich mich, wie mir der Helm helfen sollte, käme tatsächlich die Decke herunter?

Prinzipiell gab ich ihm ja Recht mit seiner Mahnung. Ich lächelte ihn freundlich an.

Es hatten sich Fragen zu einem kleinen Katalog addiert, also vereinbarten Werner Brandscheid, mein Finanzberater und alter Freund, und ich ein Treffen bei ihm in München. Wir diskutierten die offenen Punkte, sprachen über Details der anstehenden Beteiligungen an einer Biotech-Firma sowie einer internationalen Filmproduktion.

Nachdem ich Werner wieder seiner Leidenschaft, dem spannenden Spiel mit dem Geld, überlassen hatte, spazierte ich durch den Englischen Garten bis zum Chinesischen Turm, wo ich im Biergarten eine Kleinigkeit aß.

Danach machte ich mich auf den Weg nach Schwabing hinein, um auf einen kurzen Sprung bei dem Verlag, der meine Romane herausgab, vorbeizusehen. Das Schreiben ist eines der Steckenpferde, das ich in meinem Ruhestand reite.

Auf dem Kastlerhof haben sich jetzt zwei ganz spezielle kleine Firmen eingemietet.

Der Hof schließt sich an mein Grundstück an. Aus dem oberen Stockwerk meines Hauses kann ich hinübersehen. Der alte Sepp hatte seinen Alterssitz seinem Enkel Hans-Dieter vermacht. Seit der junge Erbe sich mit meiner Unterstützung aus dem Staub gemacht hatte, sich also nicht mehr um den Hof kümmern konnte, lag der Hof sozusagen im Winterschlaf. Bis dann Rup und Inni kamen.

Drüben im Wohnhaus hat sich Rupert Falke sein Musikstudio eingerichtet. Rup ist ein nervöser, magerer Mann mit einer ungewöhnlich hellen Stimme. Mit ihm stehen alle hier im Weiler auf gutem Fuß, hat sich doch bald gezeigt, dass der Musikproduzent ein umgänglicher und humorvoller Mann ist, der für alles zu haben ist, nur nicht für Lärm. Er führt ein offenes Haus, besser gesagt ein offenes Studio. Jederzeit darf der Nachbar bei ihm den Kopf hineinstecken zu einem kurzen oder auch längeren Plausch. Tabu ist der Zutritt immer nur dann, signalisiert das rote Lichtzeichen vor dem Studio eine Aufnahmesession. Dann darf wirklich niemand Rup stören. Seine Semmeln verdient er sich mit esoterischer Sphärenmusik, kann sie sich dick mit feiner Wurst belegen, da seine Sparte so richtig boomt. Seinen Worten nach kann er gar nicht so schnell produzieren, wie der Markt nach frischem Nachschub verlangt.

Bei jeder Aufnahme spielen zwei Musiker mit Rup, der lange, dünne Wortkarge mit der Zieh- oder Mundharmonika, und der kräftige, tapsige Bär mit Vollglatze und Nickelbrille, der sensibel die Geige streicht. Sie sind zwei nicht gerade alltägliche Typen. Rup selbst bedient als Könner alle Tasteninstrumente.

In den dem Wohnhaus gegenüberliegenden ehemaligen Stallungen hat der Blumen- und Samenhändler Inni Buisman sein Domizil gefunden. Inni ist semmelblond, immer fidel, hat eine lustige Sprache, gibt ganz das Bild eines Holländers, trägt allerdings keine Holzschuhe. Der quirlige Geselle hat was Vitzliputzliartiges und nicht selten etwas von einem lüsternen Faun. In unserem kleinen Kreis in Kimmling-Hof ist Inni schnell akzeptiert, da er mit seinem Geschäft unsere Ruhe nicht stört. Zeitig am Morgen fährt er los mit seinem mit bunten Blumen bemalten Sprinter, ohne dass der Motor heult, und kehrt erst am späteren Abend zurück.

4

An einem sonnigen Spätsommertag sitzen Korbinian, Inni, Rup und ich in Korbinians Werkstatt beieinander, reden über Gott und die Welt und trinken guten Wein, den ich mitgebracht habe. Eine zufällige Geschichte von Inni, der laut vom Segeln auf dem Ijsselmeer träumt, setzt mir, ohne dass er es ahnt, einen Floh ins Ohr.

Einige Tage danach spielen Korbinian und ich bei diesigem Wetter bei mir im Wintergarten Schach.

Korbinian ist ein erfolgreicher Holzbildhauer, mein Nachbar und vertrauter Freund. Er ist der einzige Mann, den ich nahe an mich heran lasse.

Nach der ersten Partie lehne ich mich zurück, verschränke meine Hände hinter dem Kopf, sehe ihn herausfordernd an, bis er es merkt.

Was ist, Herr Doktor? So nennt er mich seit dem Tag, an dem wir zum ersten Mal miteinander gesprochen haben.

Ich zeige vage zum Fenster hinaus. Wem gehört das Bootshaus im Schilf, Korbinian?

Er weiß sofort, welches Bootshaus ich meine. Alwin Voglmeier, gibt er zur Antwort.

Wer ist das?

Ein Bootsbauer drüben in Stadlried.

Ob ich mir wohl das Bootshaus mal ansehen könnte?

Da müssen wir Alwin fragen.

Kennst du ihn?

Korbinian nickt.

Noch in der gleichen Woche fahren wir auf die andere Seite des Sees, nach Stadlried, wo mich Korbinian mit Alwin Voglmeier bekannt macht. Wenn ich alle Parameter, die ich mir im Kopf zurechtgelegt habe, abhaken kann, werde ich mir von ihm ein Segelboot bauen lassen.

Wir sitzen im Schatten nahe am Wasser, ich male dem Bootsbauer mit Worten meine Vorstellungen in die laue Luft. Voglmeier verspricht mit seiner rauen Stimme, mir meinen Traum von einem Boot zu bauen. Ein gutes Jahr, ungefähr, nennt er mir als Zeitrahmen. Wir schließen den Vertrag, Viehhändlern gleich, mit einem kräftigen Handschlag.

Danach fahren wir zu dritt zur Besichtigung des Bootshauses. Zuletzt sind wir auf einem schmalen Weg unterwegs, der bis zum Rand des Schilfgürtels führt. Von dort laufen wir auf einem Holzsteg durch das Schilf auf das Bootshaus zu. Drüben sehe ich mein Haus am Hang, weiß mit ockerfarbenem Dach, sehe mein Anwesen zum ersten Mal aus dieser Blickrichtung. Das Bootshaus, aus Lärchenholz gebaut, wie Voglmeier erklärt, ist von Sonne und Regen schwarz gebeizt. Obwohl lange nicht genutzt, ist es völlig in Schuss. Ich miete es für fast nichts, quasi für einen Apfel und ein Ei. Voglmeier weigert sich partout, es zu verkaufen.

Auf dem Weg hinüber zu Korbinian schaute ich bei Rup vorbei. Inni war noch nicht von seiner Tagestour zurück, denn sein bunter Sprinter stand noch nicht auf seinem gewohnten Platz.

Rup saß in seinem Büro, wippte, seine Füße auf dem Tisch, mit seinem Stuhl vor und zurück. Im Mundwinkel hing ihm eine filterlose Zigarette, nicht die erste heute, wie die dicke Luft im Raum verriet, in der linken Hand eine Flasche Bier, in der rechten einen Stift, mit dem er in den Notenblättern, die auf seinen Oberschenkeln lagen, herummalte.

Als Rup mich in der Tür stehen sah, legte er die Noten zur Seite, nahm die Füße herunter, stellte die Flasche auf den Tisch, lachte dabei, machte die zwei Schritte zu einem Umzugskarton, der an der Wand stand. Er beugte sich hinunter, griff hinein, richtete sich wieder auf, drehte sich zu mir um, hielt mir ein an den Ecken abgestoßenes Sammelalbum für 45er Schallplatten hin.

Stehend blätterte ich in dem Album, immer mehr staunend. Ohne Ausnahme waren es Singles der frühen Beatles: *Tell me way, Boys, Twist and Shout, Rock and Roll Music* und und und.

Rup und ich saßen auf den hohen Hockern an der Bar. Auf dem einfachen Plattenspieler vor uns auf der Theke drehten sich die schwarzen Scheiben. Richtige Lautstärke für Beatmusik aus den zwei Boxen; natürlich waren Türen und Fenster geschlossen. Wir lächelten uns zu, fühlten uns in eine andere Epoche versetzt.

Ich war im Wald gewesen, habe auf einem Baumstamm lesend die Sonne genossen, fand auf dem Rückweg Korbinian hinter seinem Atelier auf der Bank sitzend, wo er mit geschlossenen Augen sein Gesicht der Sonne anbot.

Ich setzte mich neben ihn.

Er wandte sich mir zu. Könne ich diese wunderbare Stille hören?

Auch Korbinian besaß die sensible Antenne für solche Wahrnehmungen.

Beide lauschten wir dem hörbaren Frieden nach und es ging uns richtig gut.

Leise im Gras näherkommende Schritte ließen uns die Augen öffnen, unsere Gesichter sich der zuwenden, die da unsere Idylle zu stören wagte.

Magdalena.

Sie stand im Schatten des Nussbaumes. In ihrem schönen Gesicht tobte ein Unwetter. In ihren Augen standen Tränen, die sonst vollen Lippen waren ein Strich, die Kieferknochen mahlten, die gewöhnlich glatte Stirn lag in Falten.

Was war geschehen?

Magdalena ist meine Geliebte und mein Kumpel, sie ist der Mensch, der mir am nächsten ist, der mich so kennt, wie sonst niemand, das Wunder, das unverhofft in mein Dasein trat. Was man ihr tut, das tut man auch mir.

Ich ging zu ihr, nahm sie in den Arm. Sie schluchzte, stammelte unzusammenhängende Worte. Zunächst verstand ich nur einen Namen: Fontana.

5

Im Hinterhof war niemand zu sehen. Er zog die Tür, deren runden Griff er umfasst hielt, leise ins Schloss, streifte die Einmalhandschuhe ab, steckte sie in die Jackentasche und schlenderte auf den Durchgang zur Briennerstraße zu.

Vor gerade mal gut zwei Stunden hatte ihn Gert Fontana, Innenarchitekt für gehobene bis höchste Ansprüche, als Herrn Schmitz in seinen exklusiven Geschäftsräumen empfangen. Nur kurz, doch freundlich lächelnd, hatte er die schlaffe, warme Hand des untersetzten Mannes geschüttelt.

Bei ihrem ersten Treffen zwei Tage zuvor hatte er um diesen Termin unmittelbar vor Geschäftsschluss am frühen Samstagnachmittag gebeten. Für die Gier dieses schmierigen Grobians hatte er eine verlockend fette Beute in Aussicht gestellt. Da Fontana den nur vorgegaukelten dicken Auftrag unbedingt brauchte, hätte er wohl auch einem Gespräch um Mitternacht zugestimmt.

Der Hausherr ging voran, trat in einen großen, pompös ausgestatteten Raum, der mehr ein Wohnzimmer denn ein Büro war. Dort bat er den Besucher, in einem der Sessel Platz zu nehmen. Der erste Eindruck, den Herr Schmitz von dieser Räumlichkeit hatte, war eher dunkel: Dunkler Teppich, dunkle Vorhänge, dunkle Möbel. Allein zwei helle Lichter fielen ins Auge: Eine orange Kugel, die ohne erkennbar tieferen Sinn vor der weinroten Wand schwebte. Das zweite Licht war ein buntes überdimensionales modernes Gemälde, das etwas seitlich über einer alten Kommode hing.

Auch nach dem zweiten Blick, auch nicht nach einem dritten, gefiel dem vermeintlichen Herr Schmitz, was seine Augen da sahen.

Fontanas Mund, zu breit für das lange Gesicht, verschob sich zu einem Lächeln, während er über den dicken Teppich lautlos zur Musikanlage schritt, sich vorbeugte und Knöpfe drückte. Unmittelbar darauf ertönte das kurze Vorspiel der Oper Tosca *aus unsichtbaren Lautsprechern.*

Fontana lächelte herüber, fragte, ob Herr Schmitz Musik liebe? Er sei ein großer Liebhaber solcher Musik, erklärte er schmeichelnd, mache sie ihm doch den Kopf frei und fördere zudem seine Fantasie. Der Komponist Puccini und seine Oper Tosca seien Herrn Schmitz bekannt?

Der Besucher nickte, lächelte, signalisierte so ohne Worte, dass er die Oper kenne und nichts gegen die Musikuntermalung einzuwenden habe.

Fontana setzte sich Herrn Schmitz gegenüber auf die Couch, schlug die Beine übereinander, lehnte sich lässig zurück. Dabei streiften seine Augen kurz die spitze Papiertüte, die Herr Schmitz auf den Tisch gelegt hatte, mehr zur Mitte hin, fast wie ein stummes Angebot.

Der Architekt begann zu sprechen, beschrieb wortreich seine grundlegenden Ideen zu dem imaginär vor seiner Nase so verlockend schwingenden Auftrag.

Herr Schmitz schien aufmerksam zuzuhören. Das tat er tatsächlich, allerdings nicht Fontana, sondern der Musik. Fontanas architektonische Spinnereien waren ihm völlig gleichgültig.

Der Maler Cavaradossi sang:
Geheimnisvolle Harmonie
So verschiedene Reize!
Die braune Floria
meine feurige Geliebte!
Und du, unbekannte Schöne,
gekränzt mit blonden Locken!
Du hast blaue Augen,
Toscas Augen sind schwarz!

Er sah Fontana an. Dessen Lippen bewegten sich, für ihn lautlos, seine Hände malten Figuren in die Luft. Es war für Herrn Schmitz wie in einem Film, dem der Ton fehlte.

Tosca sang:
An deiner Seite will ich lauschen,
wenn im schweigenden, sternglänzenden Dunkel
die Stimmen der Nacht aufsteigen!
Aus den Wäldern, aus den Büschen,
aus den trockenen Kräutern,
aus den verfallenen Grabmälern,
von Thymian duftend,
dringt nachts das Flüstern
der kleinen Amoretten,
deren listige Ratschläge
die Herzen erreichen!
Erblüht, ihr weiten Felder,
erbebt, ihr Meereslüfte,
ihr Meereslüfte, im Licht des Mondes;
ah, ergießt eure Wonnen, ihr gestirnten Gewölbe,
Tosca erglüht in toller Liebe.

Herr Schmitz nahm die braune Tüte, eine in der Art, in der wohl fast jeder Obsthändler seine Ware weitergibt, reichte sie Fontana mit seinem besten Lächeln über den Tisch. Der ließ augenblicklich seinen Wortschwall versiegen, griff mit der rechten Hand nach der Tüte, öffnete sie mit der linken.

Sein Gesicht leuchtete auf, er dankte überschwänglich. Herr Schmitz sei außerordentlich aufmerksam. Woher ihm sein so unstillbares Verlangen nach Kirschen bekannt sei?

Herr Schmitz wiegte lächelnd mit dem Kopf, hob seine Schultern, sagte nichts. Er dachte, Fontanas Lust, eher schon Sucht, auf Kirschen sei wahrlich kein Geheimnis, ein kurzer Blick in Facebook reichte dazu aus.

Ich darf es mir schmecken lassen, ja? Fontanas Augen glänzten.

Diese süße Versuchung würde ihm seine Wegzehrung in die Ewigkeit sein, kommentierte Schmitz für sich.

Und sagte: Aber bitte, Herr Fontana.

Mit spitzen Fingern fischte Fontana die erste Frucht aus der Tüte und ließ sie zwischen schmalen Lippen verschwinden. Er kaute kaum, zerdrückte die Kirsche wohl mit der Zunge, schmeckte, schluckte. Eine zweite Frucht folgte unmittelbar. Er gab jetzt das Bild eines Genießers, eines verzückten Liebhabers süßer, schwarzer Kirschen.

Scarpia sang:
Ein zweifaches Ziel strebe ich an:
Den Kopf des Rebellen,
und was noch lustbarer ist -
ah, in ihren sieghaften Augen
die Flamme zu sehen, entzündet
von der Glut der Liebe!
In meinen Armen von der Liebe entzündet!
Er an den Galgen, sie in meinen Armen.

Erst nach der dritten Kirsche, nachdem er diesen exquisiten süßbitteren Geschmack der so saftigen Kirschen gelobt hatte, fragte er, welche exotische Kirsche er eigentlich gerade genieße?

Herr Schmitz hob nur leicht seine Hand, Herr Fontana habe recht mit den Attributen exquisit und exotisch, er möchte noch exklusiv hinzufügen, versprach, ihm später zu verraten, woher er sie habe und woher sie kämen.

Schmitz war zufrieden, dass sein Mitbringsel so gut ankam, musste er so nicht einmal einen Gedanken daran verschwenden, mit der Pistole, die er in der Tasche hatte, unsanft und womöglich sogar unhöflich, was ihm so widersprach, nachzuhelfen.

Fontana machte keinen Versuch mehr, seine Ausführungen fortzusetzen. Er widmete sich erst einmal intensiv dem Inhalt der Tüte.

Der Besucher stellte ihm Fragen nach den Puppen und Marionetten, die er in den Verkaufsräumen gesehen und bewundert hatte.

Fontana steckte die letzten beiden Kirschen kurz nacheinander in den Mund, auf seinen Lippen zeigte sich dunkelroter Saft, den seine rosa Zunge genüsslich, für Herrn Schmitz ein obszönes Bild, wegleckte. Seine Hände falteten die Tüte zusammen und strichen sie penibel glatt.

Der Chor sang:
Der Gesang der Menschen steigt, schwebt auf
durch die Räume, durch den Himmel,
vorbei an fremden Sonnen,
nach dem Wort des Evangeliums,
dringt zu dir, o König der Könige!

Einmal noch schlucken und dann war der Mund frei, um sogleich loszulegen, die Puppenmacherin als seine Entdeckung in den Himmel zu loben. Er redete sich in eine erstaunliche Begeisterung, nicht mehr allein über die Puppen, immer mehr über die Frau. Ließ mit seiner sich zusehends ungehemmt sprudelnden, vulgären Lyrik, die er augenzwinkernd dem Kumpel Mann gegenüber anbot, auch eine andere Gier neben der zu den Kirschen erkennen.

Fontana war so in Fahrt, dass er die schweigsame Distanz seines Zuhörers nicht bemerkte oder nicht bemerken wollte, was wohl auch seiner zunehmenden Unruhe geschuldet war. Zeigte sich damit schon eine erste Reaktion auf seine letzte Mahlzeit? Herrn Schmitz' Augen betrachteten den Promi-Architekten wie ein interessantes Versuchsobjekt, dessen Erregung sich nur langsam, doch sichtbar steigerte.

Scarpia sang:
Ei, Cavalier, bedenkt:
Klug ist Eure Sturheit eben nicht.
Durch ein rasches Geständnis wird großer Kummer vermieden.
Ich rate Euch, sagt mir:
Wo ist Angelotti?

Fontana wollte sich erheben, stemmte beim nächsten Versuch die Arme neben sich, aber auch jetzt vergeblich, er sackte atemlos zurück. Er bat stotternd um ein Glas Wasser.

Freundlich, dennoch mit klaren Worten, unmissverständlich, machte ihm Herr Schmitz deutlich, auch ein ganzer Eimer Wasser könne das pelzige Gefühl in seinem Mund nicht mildern.

Panik stieg in die Augen des Mannes auf der Couch.

Mit lächelndem Gesicht sagte der vermeintliche Kunde, Herr Fontana sei am Ende seines Weges angekommen. Noch vor Ablauf dieser Stunde werde er im Jenseits ankommen.

Fontana brachte kein Wort über die Lippen.

Tosca sang:
Nein! Nein!
Ah! Ah! Ah, ich kann nicht mehr!
Ah, wie entsetzlich!
Ah!
Beendet diese Qual!
Das ist zu viel!
Ach, ich kann nicht mehr!
Ach, ich kann nicht mehr!

Zur Sicherheit, ganz wie nebenbei, streifte sich Herr Schmitz Einmalhandschuhe über, griff die leere Tüte vom Tisch, steckte sie in die Außentasche seiner Jacke.

Mit einfachen, kurzen Sätzen, damit ihn Fontana auch bestimmt verstehen konnte, erklärte ihm Herr Schmitz, dass die Puppenmacherin, die er gerade eben noch mit schmierigen, schmutzigen Worten beleidigt hatte, die er vor einigen Tagen versucht hatte, zu vergewaltigen, und die er geschlagen hatte, ihm, Herrn Schmitz, sehr nahe und darum unter seinem Schutz stehe.

Fontana fing laut an zu lachen und gleich darauf zu weinen. Beide Fäuste presste er gegen seine Brust. Das Lachen und Weinen steigerte sich schnell zu einem Krampf.

Tosca sang:
In dieser schmerzensvollen Stunde,
warum, warum, o Herr,
warum belohnst du mich nun so?
Ich gab Juwelen für den Mantel der Madonna
und meinen Gesang für die Sterne am Himmel,
dass sie noch schöner strahlen.
In dieser schmerzensvollen Stunde,
warum, warum, o Herr,
ah, warum belohnst du mich nun so?

Herr Schmitz sah Fontana ohne Mitleid beim Sterben zu, befand sich in einem Käfig der Unerreichbarkeit, war ein Klotz aus Eis.

Fontana war nicht mehr anzusprechen, nicht mehr ganz von dieser Welt. In seiner Gier nach süßen Früchten hatte er schwarze Tollkirschen genossen.

Auf einer Exkursion durch die Wälder des Umlandes hatte der Freund ihm einmal im Vorbeiwandern eine Stelle gezeigt, wo diese Früchte wuchsen.

Fontanas Pupillen waren stark erweitert, er lallte unverständliche Laute. Die Krämpfe nahmen an Intensität zu, das Gift lähmte zusehends das zentrale Nervensystem. Der Kopf wurde sehr rot, Schweiß lief ihm über das Gesicht, er schnappte wie ein Fisch auf dem Trockenen nach Luft.

Cavaradossi sang:
Für immer ist mein Liebestraum verflogen,
die Stunde ist vorbei, und ich sterbe verzweifelt,
und ich sterbe verzweifelt!
Und ich habe doch das Leben nie so sehr geliebt,
so sehr das Leben geliebt!

Heftige epileptische Anfälle kamen nach den Krämpfen. Fontana kippte von der Couch, zuckte auf dem Teppich herum, beschmutzte ihn.

Nein, es konnte nicht mehr lange dauern. Der Mann hatte das Ufer des Jordans bereits erreicht.

Cavaradossi sang:
Ihr süßen Hände, sanft und rein,
ihr Hände, zu edlen Werken geschaffen,
Kinder zu liebkosen, Rosen zu pflücken,
zu beten für die Unglücklichen!
Zu euch, von der Liebe gestärkt,
hat die Gerechtigkeit ihre heiligen Waffen gelegt?
Ihr gabt den Tod, ihr sieghaften Hände,
ihr süßen Hände, sanft und rein!

Fontana war tot.

Der ehemalige prominente Innenarchitekt lag auf dem Rücken, starrte mit offenen, großen Augen zur Zimmerdecke.

Herr Schmitz hörte sich die Oper bis zum Ende an.

Bis auch Tosca und ihr Geliebter Cavaradossi tot waren.

Bis zum »Bayerischen Hof« hinüber war es nur ein Katzensprung. Dort wartete Magdalena auf mich. Sie wusste nicht, ahnte vielleicht, wo ich gewesen war, besaß sie doch eine bestechende intellektuelle Schärfe.

Arm in Arm schlenderten wir hinüber zum Viktualienmarkt, wo wir uns eine wunderbare Fischsuppe schmecken ließen.

Wir saßen uns gegenüber. Allein mit ihrer Anwesenheit bezauberte mich diese Frau. Ihre grauen Augen mit den winzigen, schwarzen Tupfen waren für mich ein sinnliches Versprechen, wärmten ein kaltes Herz.

Einfach Magdalena.

6

Goldener Oktober. Ein Tag aus dem Bilderbuch, der Himmel ist weiß und blau.

Mit Schrittgeschwindigkeit rollt mein Wagen die Maria-Ward-Straße entlang, ich sehe es nicht, weiß aber vor mir Schloss Nymphenburg, parke unter den bereits Blätter verlierenden Bäumen vor der Dreifaltigkeitskirche.

Ich bin mit Paula verabredet.

Paula und ich waren eine schöne Zeit lang ein Paar. Trafen uns allerdings nur sporadisch, immer dann, wenn diese verführerische Frau mir in Visionen erschien und ich sie rief. Seit gewisser Zeit, seit Magdalena, gehen wir getrennte Wege.

Zum Aufbruch nach München bereit, schon im braunen Cordanzug auf der Terrasse stehend, hörte ich ganz hinten im Garten das Blöken der Schafe. Franz, der alte Schäfer, schickte zum letzten Mal in diesem Jahr seine vierbeinigen Rasenmäher in meinen Garten. Ich durfte mich ruhig auf den Weg machen, Franz hatte ein Auge darauf, dass meinen Rosen keine Gefahr drohte.

Am Vormittag hatte ich mit grüner Tinte in das rote Buch geschrieben.

Martha war herübergekommen, um die Lavendelsäckchen im Wäscheschrank und den Kleiderschränken auszutauschen. Vor wenigen Wochen hatte sie im Garten neben ihrem Haus den Lavendel geschnitten. Als die aufgehängten Bündel getrocknet waren, pusselte sie abends geduldig die Blüten von den Stängeln. Im ganzen Haus roch es dann intensiv nach Lavendel.

Korbinian brachte mir eine Zeitung aus München mit, legte sie auf den Tisch, bevor wir uns zum Schach setzten. Er hatte das Blatt bei seinem Galeristen gesehen, es einfach mitgenommen. Er deutete mit dem Zeigefinger auf den aus wenigen Zeilen bestehenden Artikel, auf den es ihm ankam: Der bekannte Innenarchitekt Gert Fontana hatte Suizid begangen. Seine finanziellen Sorgen, durch seine Spielsucht, wie zu hören war, ausgelöst, waren ihm wohl zu viel geworden, ihm über den Kopf gewachsen.

War das nicht der Kerl, der Magdalena geschlagen hat? Korbinian sah mich fragend an.

Fontana? Ja, ich denke, so war sein Name.

Herr Doktor, er hat sich mit Tollkirschen umgebracht, stell dir mal vor.

Ungewöhnlich, nicht wahr, Korbinian?

Dein schwarzer Humor, Herr Doktor, ist auch nicht jedem gegeben. Er lachte und stellte die Figuren auf.

Ich schlendere auf das Schloss zu, am Maria-Ward-Gymnasium vorbei, in dem Paula damals zur Schule ging. Am Telefon hatte sie mir gesagt, sie treffe sich mit einer ihrer ehemaligen Lehrerinnen, einer Nonne, die sich demnächst in ein Kloster zurückziehen würde. Noch einmal wollten sie sich sehen, noch einmal miteinander sprechen. Abschied nehmen eben.

Darum haben wir nur eine ungefähre Zeit vereinbart. Ich bin so zeitig, dass ich vielleicht noch bei der Porzellanmanufaktur vorbei sehen kann. Doch nein. Noch bevor ich nach links abbiege, werfe ich einen Blick zurück und sehe Paula gerade durch das Tor treten.

Paula ist eine wunderschöne, junge Frau. Sie ist mir Freundin des Herzens, inzwischen, vor mir selbst, verhehle ich nicht, wie stolz ich auf sie bin. Dass sie heute als forschende Ärztin am Institut für Humanmedizin der Max-Planck-Gesellschaft glücklich ist, dazu habe ich den mir möglichen Teil beigetragen.

Ich gehe zurück. Paula hat mich gesehen. Lächelnd kommen wir uns näher, umarmen uns, küssen uns auf die Wangen. Noch ist die Vertrautheit vieler Jahre frisch. Ich fühle die Wärme meiner jungen Geliebten, mit der ich nicht mehr hier und da das Bett teile. Wir wissen es beide. Tun aber so, als sei noch alles so, wie es lange war.

Nur kurz darauf fassen wir unser Verhältnis zum ersten Mal in Worte. Als wir die lange Front des Schlosses entlangspazieren, greift Paula nach meiner Hand, wie sie es so viele hundert Male gemacht hat.

Sie habe sich auf unsere Verabredung gefreut, sagt sie, lange hätten wir uns nicht gesehen.

Vermisst sie mich?

Sie lacht frei heraus. Nicht so sehr, Leo. Hast du mich vermisst?

Ich lächle sie an, sehe ihr in die Augen. Auch nicht so sehr, Paula.

Sie reagiert mit dem verschmitzten Grinsen, das ich so gut kenne. Zwei nur lauwarme Herzen, Leo, sagt sie.

Leise schüttle ich den Kopf. Sind wir nicht beide so, jeder auf seine Weise, zufrieden?

Wieder lacht sie, küsst mich herzhaft auf den Mund.

Ein gerade des Weges kommendes älteres Paar wirft uns verwunderte Blicke zu.

Scheinen schockiert zu sein, die Armen, kommentiert Paula mit Schalk in den Augen.

Da küsst doch die schöne Enkelin den Großvater auf den Mund, Paula?

Sei nicht albern, Leo. Sie lacht fröhlich.

Wir setzen uns in den gemütlichen, kleinen Biergarten der »Schwaige«.

Dort sagt Paula mir, dass sie für einige Zeit nach Rom gehen wird.

Wann?

Kommende Woche.

Ich neige mich ihr entgegen, hauche ihr einen Kuss auf die Wange. Grüße die Ewige Stadt von mir, Paula.

7

Wir werden Weihnachten, den Jahreswechsel, auch die ersten Wochen des neuen Jahres in meinem Penthaus hoch am Hang über Lugano mit Blick über den See verbringen.

Am späten Abend stiegen wir in den Nachtzug nach Süden, um uns ins Tessin tragen zu lassen. Während der Zug durch die Dunkelheit raste, lehnte Magdalena an meiner Schulter, ließ sich von mir den abendlichen Blick von der Dachterrasse auf den dunklen Luganer See, den Himmel, der mit Farben zwischen Rosa bis Lila prahlt, die steilen Berge, die blau herübergrüßen, mit Worten malen. Ich schwärmte nur zu gerne davon, war für mich diese Stimmung zwischen Tag und Nacht doch jedes Mal aufs Neue eine wahre Symphonie der Schönheit.

Wir verbrachten eine wunderbare Zeit in Lugano, voller Harmonie und Liebe.

Bummelten auf der Seepromenade und durch die Stadt. Fuhren hinauf nach Montagnola, wo wir uns an Hermann Hesse erinnerten, zum nahen Comer See, zum Lago Maggiore. In Omegna am Lago d'Orta besuchten wir einen Mann, mit dem ich viele Jahre geschäftlich verbunden gewesen war, der sich über unser unangekündigtes, unhöfliches Erscheinen nicht erstaunt zeigte, sich vielmehr darüber zu freuen schien. An diesem Abend wurde es spät. Wir blieben als Gäste von Immanuel di Lasso über Nacht in seinem zauberhaften Schlösschen auf einem Hügel über dem See.

Viel zu schnell gingen auch diese halkyonischen Tage zu Ende. Wir mussten, nein, ich musste zurück.

Auch wenn ich mich aus dem aufgeregten Zirkus der Wichtigkeiten zurückgezogen habe, gibt es doch hin und wieder Termine, die ich mir als süße Rosinen aus dem Kuchen der Eitelkeit herauspicke. Mich erreichte über »Pythagoras« eine Einladung zu einem internationalen IT-Kongress in Wien, in der man mich freundlich und respektvoll bat, die Eröffnungsrede zu halten. Ich hatte zugesagt und es war an der Zeit, diese Rede vorzubereiten.

Ob möglicherweise die in der nahen Zukunft noch verborgenen Ereignisse anders verlaufen wären, hätten wir das Tessin oder auch Kimmling nicht verlassen, wären nicht nach Wien geflogen?

8

Das Wetter präsentierte sich von seiner freundlichsten Seite. Es war zu warm für diese Zeit. Ein überraschender Frühling im Februar.

Ich war auf dem Rad unterwegs oder wanderte durch das Hügelland oder am See entlang, um meinen Kopf so richtig durchzulüften, um Sätze zu formen, sie abzuschmecken auf ihre Tauglichkeit, von einem Redner auf das Publikum abgefeuert zu werden. Das vorgegebene Thema des Vortrags war für mich nicht ganz ohne: *Die Moral in der IT-Welt*. Die Ironie, gerade von mir über Moral die richtigen Worte hören zu wollen, gefiel mir und gab meinen grauen Zellen die Sporen, war auch mit ein Grund, dass ich zugesagt hatte. Hier lauerte allerdings auch heimtückisch der getarnte Stolperstein. Weder Ironie noch Zynismus durften auch nur vage durch das Gespinst meiner Sätze schimmern. Locker, freundlich, vor allem hörbar aufrichtig sollte sich mein Text reihen. Kluge und vernünftige Gedankenverbindungen waren nicht gerade einfach aus dem Ärmel zu schütteln. Besser wäre es gewesen, sie hätten einen wortgewandten Geistlichen gebeten, ihnen über Moral vom Katheder herunter zu schwadronieren. Mir fiel es zunächst nicht eben leicht, mich an einem roten Faden entlangzuhangeln und es dauerte, brauchte Geduld, bis allmählich sich aus guten Teilchen ein vernünftiges Manuskript entwickelte.

Die beschriebenen Blätter trug ich immer bei mir, um jederzeit mit einem Stift darin herumzukorrigieren.

Mit dem Rad war ich sogar drüben in Stadlried bei Alwin Voglmeier. Der Rumpf meines Bootes lag schnittig und elegant in der kleinen Halle, richtig ästhetisch. Alwin stand neben mir, als ich stumm mit den Augen bewunderte. Nachdem ich mich sattgesehen hatte, gab ich dem Bootsbauer einen Klapps auf die Schulter, worauf er einen seltsamen Ton hören ließ. Wir hatten kein Wort gesprochen und uns doch verstanden. Mit manchen Menschen geht tatsächlich so was.

Der Kongress rückte näher. Die Wiener Dependance von »Pythagoras« hatte nach meinen Wünschen die Vorbereitungen für den Aufenthalt übernommen. Meine Rede stand, war eine glänzende Perlenschnur feinsinniger Sätze, zudem mit einer Reihe überraschender Funken, außerhalb der üblichen Denkschablonen, was versprach, dass die Zuhörer mit dem Redner wohl zufrieden sein würden.

Ich übte die Rede, wie ich es stets vor wichtigen öffentlichen Auftritten gemacht hatte, vor einem hohen Spiegel. Magdalena hielt ich ihn zur Probe frei. Sie hörte mir konzentriert zu und nachdem ich sogar meinen höflichen Diener zum Abschluss angedeutet hatte, lächelte sie aus dem Sessel zu mir hoch, schlug ihre Hände zu einem symbolischen Applaus mehrmals zusammen.

Was sei ich doch für ein begabter Komiker, sagte mir meine Kritikerin mit leuchtenden Augen. Befinde sich unter den Zuhörern jemand, der mich sehr gut kenne, könnte der diese Moralpredigt allein nur als Satire verstehen, mir kein Wort davon abnehmen.

Wie nah mir diese ungewöhnliche Frau gekommen war! Für sie war Leo Petermann offenbar weitgehend ein offenes Buch.

Ein paar Tage später hielt ich Korbinian die Rede in seinem Atelier, auch diesmal frei, während er einen Holzklotz bearbeitete.

Er lobte seinen Freund, den Herrn Doktor, mit zwei gefüllten Stamperln Obstbrand.

9

Gerade bin ich auf einer vielversprechenden Spur interessanter Objekte für meine Sammlung afrikanischer Kunst, als Korbinian über die Terrasse hereinkommt, für seine Verhältnisse sogar hereinstürmt. Bevor ich ihn fragen kann, schleudert er mir die Nachricht schon entgegen, wegen der er zu mir hergehetzt ist: Das *Alte Haus* brennt!

Jedes Kind in Kimmling kann sofort sagen, was mit dem *Alten Haus* gemeint ist und wo es steht.

Es ist ein kleines altes Gehöft, steht schräg gegenüber der Kirche, und gehört dem Landwirt Franz Tischlinger.

Vor einigen Jahren hatte Tischlinger es den zwei alten Schwestern Ziller abgekauft, auch zu dem Preis eines lebenslangen Wohnrechts für die Frauen. Im letzten Jahr zogen die betagten Schwestern, da sie nicht mehr gut auf den Beinen waren, das Haus nicht mehr so recht versorgen konnten, in ein Heim um. Prompt wollte der Besitzer seinen Plan umsetzen, nämlich das alte Gemäuer abzureißen und ein neues Wohnhaus zu bauen. Wie aus dem Nichts heraus breitete der Denkmalschutz auf einmal seine schützenden Arme über das *Alte Haus*. Franz war davon überzeugt, sein Jugendfeind Josef Maurer, ehrenamtlicher Bürgermeister von Kimmling, habe ihm dieses harte Ei gelegt. Vor Zeugen, mit erhobenen Schwurfingern, verkündete Franz mit fester Stimme, das Anwesen mitten im Herzen des kleinen Ortes vorsätzlich verfallen zu lassen, vor aller Augen. Ab da rannte die Gemeinde, also Josef, zusammen mit dem Amt für Denkmalschutz vergeblich gegen den sturen Bauern an, der sich einfach auf nichts mehr einließ.

Das *Alte Haus* brennt!

Aus einem Schrank in der Bibliothek hole ich zwei Ferngläser, gebe eines an Korbinian weiter. Dann verlassen wir das Haus, steigen auf die vordere Gartenmauer, sehen die breite dunkle Wolke, die gemächlich in Richtung Bahnhof zieht.

Durch die Gläser beobachten wir, was drüben nahe der Kirche vor sich geht.

Ohne den Blick abzuwenden, frage ich Korbinian, ob nicht auch er den Eindruck habe, dass die Feuerwehr sich eigenartig passiv verhalte.

Korbinian lacht zufrieden. Der Franz sei eben beliebt in Kimmling, spricht er in Rätseln.

Der Bürgermeister nicht ganz so?

Doch, der eigentlich auch. Wenn auch mit kleinen Abstrichen. Josef sei ein Schotte, wenn ich wüsste, was er meine.

Ich setze das Glas kurz ab, um mich Korbinian zuzuwenden.

Bei seinen nächsten Worten höre ich das Lächeln mit. Das *Alte Haus* ist nicht zu retten. Es wird bis auf die Grundmauern abbrennen.

Korbinian wird Recht behalten.

Am Vormittag werkle ich in meinem Rosengarten. Die Sonne wärmt mir den Rücken.

Martha erscheint über mir auf der Terrasse, blickt zu mir herunter.

Sie wird heute in meiner Küche kochen und wir werden zusammen essen. Sei das so recht? Korbinian ist wieder zu seinem Galeristen nach München. Vor dem Nachmittag würde er sicherlich nicht zurück sein.

Später, ich stehe in der Küchentür, nahe bei den guten Gerüchen, richtet sie mir von Korbinian aus, er würde mich am frühen Abend zu einem Gang in den Ort abholen.

Genaueres weiß sie nicht?

Martha schüttelt den Kopf. Korbinian hat ihr nicht mehr gesagt.

Welche erstaunlichen Pfeile hat dieser bunte Tag noch im Köcher? Obwohl mir ein Tag so lieb ist wie der andere, wehre ich mich nicht gegen ganz alltägliche Abwechslungen.

So ein leiser Hauch Neugierde fliegt mich doch an. Will

Korbinian mit mir in das kleine Café, das die Bäckersleute List seit Kurzem in einem Nebenraum ihres Ladens eingerichtet haben? Kann ich mir nicht vorstellen. Aber was dann?

Es ist längst dunkel, als Korbinian bei mir erscheint.

Wo geht es hin, Korbinian?

Zum Café List, Herr Doktor.

Also doch.

Xaver List hat die Bäckerei von seinen Eltern übernommen, bei seinem Vater das Handwerk erlernt. Nur ein paar Wochen, bevor ich nach Kimmling kam, hat er Leni, die bei ihm gelernt hat, vom Augenschein her mindestens zwanzig Jahre jünger als Xaver, geheiratet. Beide sind mit offensichtlicher Leidenschaft Bäcker und Konditor. Wenn ich bei Wind und Wetter in der Früh in den Laden trete, vermag ich inzwischen auf den ersten Blick zu sagen, wer an diesem Morgen in der Backstube zugange war. Bei Xaver, der ein feines Händchen für Torten hat, sind die Semmeln ganz gewöhnliche Semmeln. Hat Leni die Morgenschicht, liegen hellbraune, runde Kunstwerke im Korb hinter der Theke.

Wir machen uns zu Fuß auf den Weg. Da es am Abend noch ziemlich frisch wird, haben wir Mützen auf dem Kopf, vergraben unsere Hände tief in den Jackentaschen.

Unterwegs berichtet Korbinian vom Besuch bei seinem Galeristen. Schon in den nächsten Tagen werden zwei fertiggestellte Skulpturen, deren Entstehung ich im Atelier zum großen Teil verfolgen konnte, abgeholt. Dem Galeristen, dem Korbinian die Fotos davon zeigte, haben die Arbeiten so gut gefallen, dass er zuversichtlich deren Verkauf binnen kurzer Zeit fast schon versprochen hat.

Weilnböck ist der Name eines Künstlers, der sich inzwischen Glanz in der Szene erarbeitet hat. Seine Werke sind keine Ladenhüter, waren es zu keiner Zeit.

Als wir den Bäckerladen betreten und zum Café durchgehen, kenne ich noch immer nicht den Grund, warum wir hier sind.

Hat der Mann, den ich vom Sehen kenne, der in der Ecke sitzt und zu uns herschaut, damit zu tun?

Korbinian reicht im Vorbeigehen Leni seine Hand über die Theke. Und dann, tatsächlich, steuert er mit lautem Servus auf den Mann in der Ecke zu. Der Mann steht auf. Korbinian stellt uns vor.

Daniel Holzer. Dreitagebart, dunkle, wuschelige Haare, schwarze Hornbrille, trockener, fester Händedruck.

Korbinian und ich lassen uns von Leni einen Cappuccino bringen, Holzer trinkt Tee. Vor ihm auf dem Tisch steht ein aufgeklappter Laptop.

Von Korbinian höre ich, Daniel Holzer sei der Heimatfilmer von Kimmling. Da geht mir ein Licht auf, wo ich ihn gesehen habe, nämlich drüben im Kloster.

Holzer hatte, als die Auseinandersetzung zwischen Tischlinger und Maurer zunehmend hitziger wurde, das *Alte Haus* gefilmt, auch innen. Beim Brand war er auch vor Ort, hat die Löscharbeiten dokumentiert und die besten Szenen in seinen Streifen über die freiwillige Feuerwehr eingebaut.

Korbinian möchte, darum hat er das Treffen arrangiert, dass ich mir die Aufnahmen von dem Brand ansehe. Allerdings muss ich die Kröte schlucken und den gesamten Feuerwehrfilm über mich ergehen lassen. Die Kröte ist dann jedoch gar nicht so dick. Der Film ist intelligent aufgebaut, sehr abwechslungsreich geschnitten. Holzer versteht was vom Filmemachen.

Was Korbinian und ich schon aus der Ferne bemerkt haben, ist auch im Film deutlich zu sehen: Die Floriansjünger agieren bei der Bekämpfung des Feuers sehr zurückhaltend.

Holzer spricht aus, was ja auch wir für möglich halten, dass das Ärgernis *Altes Haus* mit dem Streichholz erledigt wurde.

Ob Daniel von irgendwoher was habe flüstern hören, will Korbinian wissen.

Von Flüstern sei hier nicht die Rede, die Spatzen pfiffen es von den Dächern, der Bürgermeister wolle die Ruine von Brandspezialisten untersuchen lassen.

Könnten die Spezialisten dabei fündig werden? Zur Abwechslung frage mal ich.

Werden sie nicht, schmunzelt Holzer, jede Wette.

Holzer grinst die Decke an. Korbinian lächelt breit. Beide wissen Bescheid.

Von seiner Werkstatt aus habe er freien Blick zum *Alten Haus*, erklärt Holzer.

Werkstatt?

Sollte ich mal Spezialeinlagen oder vielleicht einen maßgefertigten Fahrradsattel benötigen, dann sei er der geeignete Ansprechpartner, macht Holzer für sich Werbung.

Ich lächle den Heimatfilmer an, weiß jetzt auch Bescheid, behalte ihn im Auge, während ich spreche.

Stellen wir uns mal die leere Bühne unmittelbar vor Ausbruch des Brandes vor. Sie, Herr Holzer, heben kurz den Kopf von Ihrer Arbeit, sehen gerade eine Person das *Alte Haus* betreten, sehen dieselbe Person nach unbestimmter, sicher begrenzter Zeit das Haus wieder verlassen. Als es nicht viel später brennt, schnappen Sie sich Ihre Kamera und sind mit ein paar Sprüngen drüben.

Ich bilde mir gewiss nicht ein, dass Holzers Gesicht etwas die Farbe verliert, sich seine Stirn in Falten legt.

So ist es doch wohl abgelaufen, nicht wahr?

Holzer rutscht unruhig auf seinem Stuhl herum.

Ich kann leicht eine Wette anbieten, da ich weiß, wer das Feuer legte, zudem mir auch klar ist, dass der, den ich gesehen habe, keine halben Sachen macht, setze ich den Punkt hinter meine Vision.

Holzers Blicke springen zwischen Korbinian und mir hin und her. Ich lächle ihm beruhigend zu.

Folgenden Vorschlag, Herr Holzer: Schneiden Sie alle Szenen vor dem Eintreffen der Feuerwehr aus Ihrem Film, löschen Sie die Originalaufzeichnung und niemand wird auf irgendwelche abstrusen Ideen verfallen. Wenn Sie den Mund halten.

Von meinen Worten, meinem freundlichen Ton und dem Lächeln lässt sich Holzer beruhigen.

Korbinian ordert bei Leni drei Obstler, den sie unter der Theke vorrätig hat. Wir stoßen an, kippen den Klaren, schnaufen synchron aus.

Tod in Wien

10

Mit einer Privatmaschine flogen Magdalena und ich von München nach Wien. Am Flughafen Schwechat wartete der Wagen mit Chauffeur und dem Geschäftsführer von »Pythagoras« als Beifahrer, um uns in die Stadt zu bringen. Ich hatte darum gebeten, im Hotel »Graben« in der engen Dorotheergasse im Antiquitätenviertel nahe dem Stephansdom zu buchen. In diesem kleinen, gemütlichen Hotel habe ich immer gewohnt, seit ich zum ersten Mal noch als Schüler in Wien war. Die Luxustempel wie das »Sacher« oder das »Imperial« gehen mir nicht an sich gegen den Strich, es ist vielmehr das dort verkehrende Publikum, das mich stört. Im »Graben« ist jeder freundlich zum anderen, das schmale Haus hat eine familiäre Atmosphäre, ohne aufdringlich zu sein. Wie sie es fertigbringen, mir bei jedem meiner Besuche das gleiche Zimmer zur Verfügung stellen zu können, darauf habe ich keine Antwort und werde ich auch nicht nachfragen.

Vom Fenster des gemütlichen Zimmers im siebten Stockwerk schweift der Blick über die Dächer hinweg zur Hofburg. Was tief unter uns in der Schlucht der schmalen Gassen vorgeht, ist bei geöffnetem Fenster zu hören, zu sehen ist es nicht.

Magdalena erkannte schnell, was für mich ebenfalls ein Grund war, hier zu wohnen. Die Mehrzahl der Gäste waren Touristen, die nach einer oder nach zwei Nächten weiter zogen. Da gab es wenige Möglichkeiten, keine Zeit, um unerwünschte Kontakte entstehen zu lassen. So vermittelt das »Graben« auch eine Art Freiheit.

Nachdem wir uns eingerichtet, frischgemacht, gemeinsam ausgiebig über die Dächer geschaut hatten, schwebten wir mit dem betagten Aufzug gemütlich abwärts. Vor dem Hotel ließen wir erst einmal eine Schar Touristen in Richtung Stephansdom vorüberziehen, spazierten dann nur wenige Schritte die Gasse hinauf, bogen gleich in die nächste ab. Noch einmal um zwei Ecken, über einen winzigen Platz mit einer kleinen Kirche und wir standen vor der Galerie für »ExotischeWeltKunst«, der ich einen Besuch abstatten wollte.

Den Galeristen Gunther Winter kannte ich seit vielen Jahren. Vor wenigen Tagen hatte ich mit ihm telefoniert, um mein Erscheinen anzukündigen. Nur kurz darauf schickte er mir als Mailanhang drei Fotos einer Grabwächterfigur aus Gabun. Die Echtheit sei dokumentiert und zudem bürge er mit seinem Kopf dafür, versprach er in seinen Begleitzeilen.

Herr Winter begrüßte Magdalena mit einem vollendeten Handkuss.

Dem Charmeur glänzten die Augen, vermochte sie erst nach einem freundlichen Räuspern meinerseits von Magdalena loszureißen.

Zum ersten Mal würde ich in seiner Galerie in Begleitung erscheinen, mit einer so wunderschönen, bezaubernden Dame an meiner Seite.

Solch unverhohlenen Schmäh durfte sich wirklich nur ein echter Wiener erlauben über seine Lippen zu schicken.

Er schraubte sein lachendes Staunen zu einem Lächeln herunter, wurde im Nu wieder zum Geschäftsmann. Winter geleitete uns durch seine Ausstellung, gewährte großzügig Zeit zum Schauen, gab gerne, wo wir es explizit wünschten, Erklärungen, mehr oder weniger ausführliche. Er kennt seine Kundschaft, speziell mich, weiß, wem er das Ohr ablecken darf, wem nicht.

Schließlich ließ er uns den Vortritt in einen kleinen, bis auf ein Objekt leeren Nebenraum. Das Tageslicht fiel durch ein Fenster in der Decke auf ein hüfthohes, graues Steinpodest. Darauf stand die Figur, vielleicht dreißig Zentimeter hoch.

Ich nehme das auf dem Kunstmarkt sehr rare, allein darum schon eine Ausnahme, für ungeübte europäische Augen nicht einmal ästhetische kleine Kunstwerk, ganz genau in Augenschein. Umkreise dabei immer wieder das Podest. Nein, er ist nicht schön, der Grabwächter, aber mir gefällt er mit dem ersten Blick. Allerdings hüte ich mich, Winter das merken zu lassen, ist er doch gleichwohl ein netter Zeitgenosse, in erster Linie einmal Händler. Ich zeige mich skeptisch, gebe den Zweifler.

Mein Entschluss steht fest: Ich werde den Grabwächter kaufen.

Damit kann das Spiel, das dazu gehört, zwischen uns beiden beginnen.

Winter hatte mich keinen Moment aus den Augen gelassen. Ich lächelte ihn an.

Welchen Betrag er sich für den Grabwächter vorstelle, fragte ich ihn wie nebenbei, als handle es sich um den Preis für eine Tüte Zucker.

Als der gute Schauspieler, der Winter zweifellos war, schaffte er es spielend, seinem Gesicht noch eine Spur mehr Harmlosigkeit zu verleihen. Er murmelte eine Summe jenseits des Mondes vor sich hin. Wickelte den Betrag gleich zweimal in meinen Titel ein, was er als Wiener nur zu gerne tat.

Demonstrativ wandte ich mich von der Figur ab. Sie sollte mir egal sein, so was von egal. Warf Magdalena, die das Spielchen interessiert verfolgte und offenbar verstand, einen Blick zu, reichte ihr meine Hand und wir verließen den Raum, schlenderten durch die Galerie, die Tür offensichtlich als unser Ziel. Winter mit wenig Abstand schräg hinter uns. Plötzlich legte er eine schnellere Gangart ein, huschte an uns vorbei, legte seine Linke auf den vergoldeten Türgriff. Winter wusste genau, er hatte mich an der Angel und ich wusste, dass er es wusste. Jetzt war von beiden Seiten zunächst Geduld angesagt.

Wie immer wohne der Herr Doktor im Hotel Graben?

Ich nickte ihm zu, sparsam wie der berühmte Schotte lächelnd.

Mit strahlendem Gesicht wünschte er uns einen schönen Aufenthalt in Wien, zog die Tür auf, machte brav einen Diener und murmelte zuckersüß ein *KüssdieHandGnädgeFrau.* Und schon standen wir draußen auf der Gasse.

Nur einen kleinen Spaziergang weit über den nächsten kleinen Platz hinweg kannte ich ein romantisches Restaurant unter Weinranken in einem schönen Innenhof. Dort nahmen wir eine Kleinigkeit zu uns, tranken ein Glas Wein.

Noch immer zeitig genug kehrten wir zum Hotel zurück. Wir kleideten uns um. Vom Concierge kam der Anruf, unser Wagen sei vorgefahren.

Als wir vor dem Opernhaus ausstiegen, erwartete uns eine hübsche Hostess, um uns zu unserer Loge zu begleiten.

Wir freuten uns auf Verdis *Aida*.

Wir saßen noch am Frühstückstisch, tranken gerade unsere zweite Tasse Kaffee, als wir draußen die Limousine heranrollen sahen. Gleich darauf erhielten wir die mündliche Bestätigung durch einen Boten der Rezeption.

In der Lobby erwartete uns eine junge Dame von »Pythagoras«. Sie stellte sich als Magdalenas Begleiterin durch Wien für die nächsten Tage vor. Der Concierge trat zu uns, reichte mir einen gelben Notizzettel, den ich ungelesen, da ich sicher war, von wem die Nachricht kam, in meine Jackettasche steckte.

Ich wünschte den beiden Damen einen schönen Tag, küsste Magdalena zart auf die Lippen, sie legte kurz ihre warme Hand an meine Wange, sah mir direkt in die Augen, versprach mir, ins Ohr flüsternd, die Daumen zu drücken, feste. Dann verließ ich das Hotel, stieg in den wartenden Wagen.

Die Fahrt durch die Stadt, über den Donaukanal, die Donauinsel zum VIC, dem Vienna International Center, wo der Kongress stattfand, bekam ich nur flüchtig mit, da ich noch einmal die wesentlichen Punkte meines Vortrages in Gedanken durchging.

Der Chauffeur stoppte unter einem breiten Glasdach, stieg aus, hielt mir die Tür auf. Ich dankte ihm mit einem Lächeln.

Zwei Männer, sportlich ranke Typen in dunklen Anzügen, keine Sonnenbrillen, standen bereit, mich zwischen den hohen gläsernen Gebäuden sicher auf den richtigen Weg zu bringen. Als ich zwischen meinen Begleitern dahin schritt, erinnerte ich mich an den gelben Zettel. Wie ich vermutete, kam er von der Galerie Winter. Eine Zahl stand über dem Kürzel GW. Schriftlich sah der Preis für den Grabwächter schon viel freundlicher aus. Ich knüllte den Zettel zu einem winzigen Papierbällchen zusammen, das ich im Vorübergehen in einen der stählernen Abfallbehälter schnippte.

Unmittelbar nachdem wir die Vorhalle betreten hatten, war ich schon eingekesselt, umringt von Dutzenden bekannten, doch zumeist unbekannten Gesichtern, für die es offenbar eine Ehre bedeutete, wenn auch nur für ein paar Momente, in der unmittelbaren Nähe des legendären Leo Petermann, dem Mitbegründer und Ex-CEO von »Pythagoras«, die gleiche Luft zu atmen. Mir wurde trotz des Auftriebes tatsächlich bewusst, wie neues Leben in die leere Hülle des Chamäleons, wie mich mein Vater oft nannte, strömte, ich mich wirklich in ganz kurzer Zeit in den *großen* Petermann zurückverwandelte, aber auch ein Zeichen, wie weit ich mich doch schon von dieser Welt inzwischen entfernt hatte.

Nur einen Wimpernschlag kurz flog mich der Gedanke des Bedauerns an, meine Position als Kopf eines global agierenden Softwaregiganten freiwillig abgegeben zu haben. Kaum gedacht, blitzten schon zwei Bilder dazwischen, nämlich zuerst das lachende, schöne Gesicht Magdalenas sowie als Nächstes mein wunderschönes Landhaus in Kimmling-Hof. Der temporäre Anfall verflüchtigte sich wie ein Geist im Nebel.

Allerdings sog ich diesen Hype um meine Person wie eine ziemlich lang entbehrte Droge ein. Für die zwei Tage, meine Zeit der Anwesenheit auf dem Kongress, wird man wieder auf ein Fingerschnippen von mir reagieren. Gerne gönnte ich meiner Eitelkeit diese zwei Feiertage. Heute würde ich meinen Vortrag halten, morgen an einer Podiumsdiskussion teilnehmen, um danach wieder in die Anonymität abzutauchen. Was gut, was richtig war, denn Ruhm ist nur manchmal schön, meist aber nur lästig.

Schritt um Schritt war ich, umgeben von einer unbestimmten Anzahl Trabanten, durch die Vorhalle bis zum großen Konferenzraum gekommen. Obwohl ich nicht alles übersehen konnte, erkannte ich doch, dass die Reihen nicht alle gefüllt waren, noch nicht. Das langsame Vorrücken, fast eine Prozession, kam mir inzwischen vor wie ein Seiltanz im Zirkus, mit mir als Clown.

In Richtung Podium, also zur ersten Reihe hin, musste ich unzählige Hände schütteln, scheinbar aufmerksam mir zugeworfene Kurztexte auffangen, nichts dazu äußern, doch permanent überzeugend lächeln.

Ein unbekannter Jemand mit Köpfchen oder zumindest einem glücklichen Händchen hatte einem IT-Manager, den ich kannte, wenn auch nur flüchtig, den Platz neben mir zugewiesen. So ersparte man mir einen der zahlreichen Politiker, die natürlich bei solch einer Veranstaltung nicht fehlen durften. Recht schnell, nachdem ich mit meinem Nachbarn zu plaudern begonnen hatte, löste sich wie ein Spuk der Menschenpulk vor mir auf.

Mit einem erstaunlichen Fragesatz verließ mein Nebenmann den unverbindlichen Pfad, den wir erst einmal eingeschlagen hatten, indem er sich nach Rainer Fall, meinem früheren Partner bei »Pythagoras«, erkundigte. Ich werde ihn wohl etwas verdutzt angeschaut haben, denn er lachte und witzelte, jetzt habe er mich wohl auf dem falschen Fuß erwischt. Richtig, genau das hatte er. Dass er mich nach Rainer fragte, mich überhaupt jemand auf ihn ansprach, damit war eigentlich kaum zu rechnen gewesen. Rainer lebte auf seinem Schafhof irgendwo im grauen Nebel einer Hebrideninsel, machte sich dort einen schönen Tag, wie ich für ihn hoffte. Ich wusste nicht, was er tatsächlich so trieb, hatte seit langem, genau seit er sich damals aus dem Staub gemacht hatte, keine Verbindung mehr zu ihm.

Und jetzt also diese gezielte Frage nach Rainer?

Mein Gesprächspartner war Rainer erst vor einigen Tagen in einem Club in der Londoner City rein zufällig über den Weg gelaufen. Nervös, zumindest sehr unruhig, war Rainer ihm erschienen, fast gehetzt. Sie hatten nur wenige Sätze miteinander gewechselt, wobei der letzte der interessanteste war. Er werde unbedingt zeitnah mit Petermann reden müssen, hatte Fall gesagt.

Über was wollte Rainer mit mir reden? Warum gerade jetzt nach all den Jahren? Warum hatte er sich nicht bei mir gemeldet? Oder zum Beispiel bei »Pythagoras«? Sehr verwirrend. Alles nur Zufall? Ganz im Hinterkopf klingelte ein silbernes Glöcklein, meldete unmittelbar Zweifel am Zufall an.

Gut möglich, meinte der Engländer mit angedeutetem Lächeln, dass Fall hier auf dem Kongress auftauche, da er ihm gesagt habe, ich sei auch anwesend.

In Gedanken schüttelte ich den Kopf. Nein, daran glaubte ich nun wirklich nicht.

Der erste Redner, der den Kongress offiziell eröffnete, stand hinter dem eleganten Pult auf der Bühne. Ich hörte nur mit halbem Ohr zu, dachte über einen plausiblen Grund nach, weshalb Rainer mit mir sprechen wollte. Es musste allerdings wichtig sein für Rainer, wenn schon ein Mann, der ihn gar nicht mal richtig kannte, seine Unruhe wahrnahm. Rainer schien heftig neben der Spur sein. Gerade ihn hatten immer Nerven wie Drahtseile ausgezeichnet. Hatte ihn die Einsamkeit auf diesen Inseln der Felsen und der Schafe weich geklopft? Auch das konnte ich mir nicht vorstellen. Sein Verhalten war mir ehrlich gesagt ein Rätsel.

Fast aus dem Stand musste ich zu meinem Vortrag hinauf vor mein Publikum. Ich war so in Gedanken, dass ich die abschließenden Worte meines Vorredners nicht mitbekommen hatte. Die wenigen Schritte zum Pult reichten mir aus, um Rainer aus meinem Kopf zu verbannen und um meinen Text parat zu haben.

Es machte mir Freude, wieder einmal vor so einem großen Auditorium zu sprechen, die mir zugewandten, aufmerksamen Gesichter zu sehen, zu beobachten. Ich hatte sie alle richtig eingeschätzt, kannte meine Pappenheimer, wusste nur zu gut, was sie hören wollten.

Nachdem ich mit meinem Vortrag zu Ende war, mich leicht verbeugte, es war wohl mehr ein Nicken, kam mir zunächst Stille entgegen, dann setzte der Applaus ein, steigerte sich bis zu Standing Ovations.

Für Rainer Fall hatte ich keinen Gedanken mehr.

11

Rainer Fall. Noch heute, nach so vielen Jahren, sehe ich ihn vor mir an dem Tag, ein in die Erinnerung fest gerahmtes Bild, als wir uns begegneten. Rainer war ein Schlacks mit schulterlangen, sandfarbenen Haaren, eine große, einfarbige Fliege unterhalb des kräftigen Kinns. Rainer war der geborene Fliegenträger. Eine Krawatte oder ein offener Kragen stand ihm nicht, passte einfach nicht zu diesem Typen.

Um uns herum, um seinen Schreibtisch in dem Büro mit drei Kollegen, ging es nicht nur chaotisch, sondern auch recht lautstark zu. Auf seinen Vorschlag hin wechselten wir in eine kleine Bar gleich nebenan. Als die Bedienung nach unserem Wunsch fragte, sagten wir gleichzeitig: ein Glas vom Roten.

Wir lächelten uns an, wussten instinktiv, es stimmte zwischen uns.

Nach dem ersten Schluck, die Gläser noch in der Hand, sah er mich mit seinen hellblauen Augen an, fragte, ob ich mit Juden auskomme?

Solange er am Sabbat nicht zu Hause bleiben wolle, sei das wirklich kein Punkt, über den zu reden sei. Freie Tage könnten wir uns nämlich nicht leisten, nicht jetzt.

Rainer lachte, streckte mir die Hand hin. Damit war unser Pakt geschlossen. Keiner von uns beiden ahnte in dem Augenblick, in welch schwindelerregende Höhen unser gemeinsamer Weg in den kommenden Jahren führen sollte.

Werner Brandscheid hatte den Kontakt hergestellt, nachdem ich ihm meine Pläne skizziert hatte, er daraus die richtige Schlussfolgerung zog, alleine sei das für mich nicht zu stemmen.

Offiziell, so sagte Werner, schnitzte das Quartett Standardsoftware auf individuelle Kundenanforderungen zurecht. Was die vier inoffiziell taten, sagte er nicht, und ich fragte auch nicht nach, noch nicht, und auch nicht Werner.

In den folgenden Wochen traf ich mich ziemlich häufig mit Rainer. Immerhin mussten wir unsere Firma, unser Baby, in saubere Tücher wickeln. So kam es mehrfach vor, dass ich unangemeldet in das Büro hineinschneite, da Rainer mal wieder die Zeit vergessen hatte. Und dann kam der Augenblick, als ich einfach nicht mehr darüber hinwegsehen wollte, dass sie mir unverfroren eine Scharade der Normalität vorspielten. Was versteckten sie vor mir? Schon zweifelte ich an Rainers Aufrichtigkeit, da er aus meiner Sicht nicht mit offenen Karten zu spielen schien. Also packte ich den Stier bei den Hörnern, das heißt: Ich fragte Rainer einfach unverblümt. Statt zu einer Antwort anzusetzen, machte er mir mit dem Kopf ein Zeichen, meine Lautstärke runterzuschrauben. Wir verließen das Büro, marschierten zunächst schweigend die Straße hinunter. Im nahen Westpark, auf den weiten gewundenen Wegen, flutete er die Luft mit Worten, näherte sich auf abstrakten, philosophischen Denkpfaden dem, was er mir sagen wollte, sagen musste. Was ich vernahm, kam mir wie der Weg nach Absurdistan vor, jedenfalls damals.

Ich fasse zusammen, was er mir quasi tröpfchenweise auf dem langen Spaziergang mitteilte, und zwar erst nach dem unbedingten Versprechen von mir, den Mund zu halten über das, was ich zu hören bekommen würde.

Also: Sie verdienten sich ihre dicken Steaks durch die enge Zusammenarbeit mit dem Militär, genauer gesagt, dem israelischen Militär.

An seinem Rumgedruckse, seinen schnellen, unruhigen Blicken, erkannte ich unschwer, dass er mit meinem erbosten moralischen Aufschrei rechnete. Rainer kannte mich noch nicht. Nichts lag mir ferner, als ihm den Entrüsteten vorzuspielen. Gerade andersherum wurde ein Schuh daraus. Rainer verdiente meinen Respekt. Die vier trauten sich was. Chapeau.

Als von meiner Seite ein breites Lächeln, fast ein Lachen als Reaktion kam, war seine Erleichterung nicht nur spür-, sondern auch sichtbar.

Im Westpark, mit einem festen Händedruck, besiegelten wir unseren eigentlichen Bund. Und es soll kein Geständnis sein, wenn ich das Geheimnis, das längst keines mehr ist, hier zu Papier bringe, dass die Division M von »Pythagoras« noch heute einen gehörigen Batzen zum Umsatz beisteuert.

Irgendwann erzählte Rainer mir, wie es zu dem Kontakt mit dem Militär gekommen war. Von Jugend an war er ein Kosmosfreak, der sich mit der automatischen Steuerung von Fernrohren beschäftigte. Er hatte schnell rausgehabt, dass immer dann, wenn am Himmel etwas Besonderes los war, er auf der Erde gerade keine Möglichkeit besaß, dabei zuzusehen. Also begann er daran herumzuknobeln, dem Objektiv seinen Weg vorzugeben und in festen Abständen Fotos zu schießen. Seine technischen Basteleien gelangen ihm so gut, und er, der nie zurückhaltend war, machte bei jeder sich bietenden Gelegenheit Reklame für seine Innovation. Schon als Abiturient teilte er seine Zeit zwischen Schule und eigener Firma. Auch Student war er nur in Teilzeit. Inzwischen war es für ihn nicht mehr allein die technische Problematik der Steuerung, er suchte ständig neue Wege, wurde einer der Pioniere, die den Computer dazu nutzten. Dann rief ihn eines Tages sein berühmter Vetter Samuel an, gab ihm Name und Anschrift eines Professors, der an der Universität Jerusalem lehrte. Nur einige

Tage später flog Rainer nach Israel, arbeitete dort in einem Team mit, das die in der Negevwüste stehenden, in den Luftraum lauschenden Antennen programmierte. Ab da war der Schritt zur Zusammenarbeit mit dem Militär kein allzu großer mehr.

Der gerade angesprochene Vetter ist der Philosoph Samuel Attendorn. Rainer war mächtig stolz auf diese Verwandtschaft. Allerdings war Samuel auch der Stachel im Fleische Rainers, der alle Anzeichen einer verrückten Hassliebe zu dem Vetter zeigte. Der eigentliche Grund dafür ist mir bis heute nicht wirklich bekannt. Samuel ist fast zwanzig Jahre älter als Rainer. Immer dann, wenn ein neuer Attendorn auf dem Buchmarkt erschien, verschwand Rainer, der sonst nie Urlaub machte, für Tage von der Bildfläche, war irgendwo in den Bergen. Kehrte erst zurück, wenn er das Buch intellektuell bezwungen hatte, was ihm wohl offenbar nicht allzu schwer fiel, vermochte er doch klar und zielgerecht zu denken, präzise zu analysieren.

Rainers Familie war eine jüdische, sehr englisch geprägte, die auf der Britischen Insel ihren Mittelpunkt hatte. Rainer, auch Samuel, der deutsch schreibt und in Salzburg lebt, sie besaßen beide die englische Staatsbürgerschaft. Während ich Rainers Eltern, der Vater war ein prominenter Strafverteidiger in Stuttgart, nie kennenlernte, bin ich dem verschmitzten Philosophen Samuel einige Male begegnet.

In all den Jahren hatte Rainer eine ganze Reihe von Liebschaften. Für die Liebe blieb ihm jedoch keine Zeit übrig. Da waren wir uns ähnlich. Aber im Gegensatz zu mir hat er nie geheiratet.

Es waren gute Jahre mit Rainer an der Seite, vor allem für »Pythagoras«. Die fast schroffe Trennung und den vorgeschobenen Grund dafür habe ich nie begriffen, nie nachvollziehen können. Irgendwie hatte Rainer die zwanghafte Vorstellung, mit unserer Firma könne es nicht weiter aufwärts, nur noch steil bergab gehen. Also, so sagte der Analyst in ihm, musste er rechtzeitig vom Karussell springen.

Bestätigte sich bei uns beiden nicht letztendlich eine Weisheit, die besagt, Männerfreundschaften enden allzu oft mit einer Enttäuschung?

12

Am Morgen waren die umliegenden Dächer glänzend feucht. Tief hingen graue Wolken über Wien. Regen strichelte unseren Blick.

Um den Tag auf dem Kongress zu verbringen, störte das Wetter überhaupt nicht, für einen Bummel der Damen durch die Stadt kam es jedoch recht ungelegen. So würden sie alternativ die Schlösser Schönbrunn und Belvedere besuchen.

Gerade hatte ich die gläserne Vorhalle des VIC mit meinen beiden Begleitern betreten, noch nicht die Aufmerksamkeit erweckt, als wie aus dem Nichts plötzlich Rainer Fall vor mir stand.

Er hatte sich kaum verändert, so auf den ersten, schnellen Blick. Sofort fiel mir seine grüne Fliege auf. Mit schiefem Mund grinste er mich an. Aber ich sah, seine hellen Augen lächelten nicht mit. Seine Stirn war eine Handbreit höher gerutscht, die noch immer sandfarbenen Haare trug er kürzer. Bestimmt würde er eher eine Glatze haben als graue Haare, dachte ich, und lächelte ihm entgegen.

Er hob leicht beide Arme, so als wolle er unsere Begegnung segnen. Seine Stimme hatte tatsächlich etwas pastorenhaftes, als er sprach: Der Leo erscheint, trägt seine anziehende Aura wie einen funkelnden Umhang, ist wie eh und je und wie selbstverständlich sofort der Mittelpunkt, einfach faszinierend.

Seine ersten Worte nach so langer Zeit sollten wohl ironisch klingen, waren eigenartig, weil sie im Augenblick auch gar nicht stimmten. Er spielte mir den kühlen Insulaner von den einsamen Grasfelsen dort draußen im Atlantik vor.

Und doch freute ich mich, ihn zu sehen. Er solle bitte nicht solchen Unsinn von sich geben, mir lieber sagen, was ihn so überraschend nach Wien bringe?

Nein, Rainer war nicht nervös. Schlimmer: Er hatte Angst. Ich sah es. Seine Augen sprangen ohne festen Halt herum, so als lauere um ihn nur Unheil. Er beugte seinen Oberkörper mir entgegen. Hier seien überall Ohren, flüsterte er mir zu.

Ich gab meinen Begleitern ein Zeichen, uns mehr Freiraum zu gewähren. Dann fragte ich Rainer mit meinen Augen. Er flüsterte nicht mehr, er hauchte. Ich muss mit dir reden, Leo, unter vier Augen.

Wie stellte er sich das vor? Das sei nämlich im Moment ganz schlecht möglich. Nur wenn es um Leben und Tod gehe, scherzte ich und traf damit voll ins Schwarze.

Rainers Gesicht wurde augenblicklich zu einer Fratze der Angst, er zuckte geradezu von mir zurück.

Genau darum gehe es, schrie er leise. Seine Stimme klang rau. Leo! Mein Name, im Rückblick kann ich das behaupten, war ein Hilfeschrei.

Ich nahm das alles immer noch auf die leichte Schulter. Gebe er mir Zeit bis zum Abend? Wir könnten uns in meinem Hotel treffen. Passe ihm das?

Rainer wusste genau, wo ich abgestiegen war, kannte natürlich das Hotel »Graben« von früher. Er wird da sein. So gegen halb acht, Leo?

Ich gab die blöde Floskel von mir, ich würde mich freuen, wollte noch immer nicht den Ernst der Situation erfassen.

Er winkte ab, lachte eigenartig, drehte sich auf dem Absatz um, und eilte auf eine Besuchergruppe zu, war weg, als habe er sich in Luft aufgelöst.

Mir kam dieses kurze Zusammentreffen, das noch kürzer war, als es mir erschien, surreal, ja fast gespenstisch vor.

Obwohl er sich nicht mehr sehen ließ, begleitete mich Rainer den ganzen Tag über, hielt nämlich meine Synapsen ziemlich auf

Trab. Allerdings blieb mir wenig Muse, um das eigenartige Gefühl zu hinterfragen, dass ich die Stunden über im VIC mit mir herumtrug. Was trieb Rainer so mächtig um? Ich hatte wirklich keine Vorstellung.

Mittags telefonierte ich mit Magdalena, um ihr kurz von dem Zusammentreffen zu berichten und mit ihr über den geänderten Abendablauf zu sprechen.

Wir schwebten mit dem Lift nach unten, die Türen glitten vor uns auseinander und wir betraten die winzige Lobby, gerade als Rainer hereinkam. An der weinroten Fliege erkannte ich ihn augenblicklich, denn seinen Kopf hielt er gesenkt, hatte den schwarzen Borsalino tief in die Stirn gedrückt. Ich rief ihm einen Gruß zu, er sah auf, nahm den Hut ab, lächelte.

Ich machte Magdalena und Rainer miteinander bekannt.

Gegenüber dem Rainer vom Morgen schien er jetzt wie verwandelt, ein anderer zu sein. Seine Augen waren wach, nicht mehr voller Angst, um seinen Mund spielte ein leichtes, belustigtes Zucken. So war er mir in Erinnerung. Er gab den Charmeur, küsste Magdalena auf die Wangen, sprach sie mit *meine Gnädigste* an, was in Magdalenas Augen ein spöttisches Glitzern auslöste.

Rainer drückte meinen Oberarm, wie er das auch früher gerne gemacht hat, um dem anderen Vertrautheit und Nähe zu suggerieren.

Aus dem Aufzug kam ein Paar, das an der Rezeption stehen blieb und mit dem Concierge sprach. Von der Gasse trat Magdalenas Begleiterin durch die Glastür in die Lobby. Die Damen werden eine Vorstellung im Theater in der Josefstadt besuchen.

Kurz gab es in der Lobby ein munteres Durcheinander und gleich darauf waren Rainer und ich alleine. Durch die Scheibe winkte ich Magdalena nach. Rainer betrachtete die Galerie der berühmten Hotelgäste. Franz Kafka, Max Brod, Peter Altenberg, der berühmte Dauergast.

Takt ist, immer instinktiv zu spüren, was die anderen von dir vertragen.

Dieses Zitat las ich von einer Textcollage ab und murmelte es Rainer über die Schulter.

War ein kluger Mann, der Peter Altenberg. Rainer lachte tonlos.

An der Rezeption schrillte das Telefon. Ich merkte, wie Rainer zusammenzuckte. Er sah mich mit großen Augen an. Die Angst war zurück.

Beruhigend legte ich ihm meine Hand auf die Schulter, deutete über die Gasse zum Kaffeehaus »Hawelka«.

Rainers Blick folgte meinem ausgestreckten Arm, sah sich an meinem Ringfinger fest.

Ohne diesen Ring bist du nicht Leo, sagte er, dann fehlt ein wichtiges Attribut.

Den Ring, in Gold gefasste schwarze Koralle, ein Unikat, hatte mir Isabel, meine verstorbene erste Frau, geschenkt, damals auf Maui, in Lahaina, vor unvorstellbar langer Zeit.

Für ihn sei es richtig beruhigend, dass ich noch immer der alte sei. Rainer lächelte. Manche Parameter dürfen sich einfach nicht ändern. Dazu gehöre nun mal sein Bild von Leo Petermann.

Und was ist mit dir, Rainer? Für mich hängt dein Bild seit heute Morgen ziemlich schief.

Er hob beide Hände, doch dieses Mal sah es nicht nach einer Segnung aus, eher so, als wolle er sich ergeben. Ach Gott, Leo. Er lachte.

Warum bist du hier, Rainer? Wieso hast du mich nicht bei mir zu Hause besucht? Wir hätten uns ein paar schöne Tage machen, die gute alte Zeit glorifizieren können. Ich habe sehr guten Wein im Keller.

Er lachte erneut. Für mich entschieden zu oft.

13

Noch gab es freie Tische im »Hawelka«, einem der legendären Kaffeehäuser Wiens. Später am Abend würde es keinen leeren Platz mehr geben. Wir suchten uns einen Zweiertisch aus, neben einem der dunklen holzgetäfelten Pfeiler, setzten uns gegenüber.

Die Bedienung, ein großer Mann in mittleren Jahren, ganz in Schwarz mit weißer langer Schürze, schlenderte als lebendes Beispiel Wiener Gemütlichkeit durch den Raum. Unserem Tisch näherte er sich auf undurchsichtigen Wegen nur ganz allmählich. Darum blieben wir erst einmal bei einer allgemeinen Unterhaltung. Ich erzählte und beschrieb ihm mein Haus über dem See. Rainer malte mir sein weißes Cottage, grüne Fensterrahmen, grüne Läden und Vorder- und Hintertür, und dem in einem extra errichteten Nebengebäude untergebrachten kleinen, aber feinen Observatorium, in die Fantasie. Als ich wieder an der Reihe, die Bedienung in der Nähe war, erzählte ich ihm von Kimmling, von Korbinian und seinem Atelier, dem alten Kloster, das allmählich wieder zum Leben erwachte. Rainer revanchierte sich mit einem Bericht über eine Initiative einer Handvoll Hofbesitzer aus seiner Gegend, ihr Lieblingsgetränk, nämlich Whisky, selbst herzustellen.

Auf einem alten, länger schon verlassenen Hof vor den grünen Hügeln, mit weitem Blick über das nahe Meer, steht vor dem ehemaligen Wohnhaus an diesem Tag die Abfüllanlage, in der Luft schwebt der intensive Whiskygeruch, lässt die Männer ständig lächeln in ihrer Vorfreude. Den einzigen Polizisten der Insel wissen sie auf einer Familienfeier drüben auf der anderen Seite. Die großen Tore der Scheune stehen offen, zeigen die Destille, die dunkelbraunen, fast schwarzen Holzfässer, aufgereiht an der Seitenwand.

In Rainers Augen blitzte auch in diesen Minuten die Begeisterung für eine Sache auf, die ihm gefiel, was mich an früher erinnerte.

Wenn er und seine Freunde in der grauen Jahreszeit mit einem Glas Whisky in der Hand vor dem Kamin sitzen, in dem Torffeuer glimmt, draußen die Nebel über die Gras- und Felshügel ziehen, dann stimmt alles, ist ihre Welt in Ordnung.

Wir hatten Wein bestellt, den Hauswein, den der Kellner überraschend schnell brachte, und uns noch am Tisch stehend fragte, ob wir später einen Teller Buchteln wollten. Wir wollten.

Auf meinen spontanen Vorschlag hin, mit nach München zu fliegen, gab Rainer keine Antwort. Hatte er meine Frage überhaupt aufgenommen? Wieder versuchte ich ihn zu locken. Könnten segeln gehen, in den Bergen wandern, die Königsschlösser besuchen.

Er lächelte nur sehr eigentümlich. Welche Laus war ihm über die Leber gelaufen?

Seine Augen suchten einen Punkt irgendwo hinter mir. Seine düstere Miene war wie ein undurchdringlicher Vorhang.

Geheimdienste seien hinter ihm her, flüsterte er.

Ich erkannte den alten Rainer wieder. Gerne hatte er hin und wieder mal übertrieben, aus einer Maus zuweilen einen veritablen Elefanten aufgeblasen.

Plural, Rainer?

Er nickte. Plural, Leo.

Ich wartete ab. Wenn er jetzt nicht die Katze aus dem Sack lassen würde, wann dann?

Fast tonlos begann er zu sprechen. Da gab es einen Wissenschaftler, der seine Ferien in einem Cottage auf Rainers Land verbrachte. Immer wieder mal liefen sie sich über den Weg, was nicht zu vermeiden war auf der Insel mit den wenigen Menschen. Irgendwann kamen sie auch ins Gespräch. Rainer lud ihn zu einem Glas Whisky zu sich ein. Sie verstanden sich, lagen vom Temperament her ungefähr auf einer Wellenlänge. An einem Morgen kam er herüber, klopfte an Rainers grüne Tür, fragte, ob er ihm bei einem Datenproblem unter die Arme greifen könne, wusste er doch inzwischen, dass Rainer ehemals mit IT zu tun hatte. Klar, Rainer sagte sofort zu, war doch Unterstützung des Nachbarn dort draußen ganz normal, selbstverständlich. Schnell merkte Rainer, dass der Mann an Verschlüsselungen scheiterte. Was der Wissenschaftler als Erklärung vorbrachte, klang in Rainers Ohren allzu sorglos, ja harmlos, vielleicht sogar absichtlich wie nebenbei. Inzwischen kitzelte ihn längst der Ehrgeiz, wirklich zu blöd, wie Rainer nicht viel später erkennen musste. Er wollte dem Mann zeigen, welch ein Virtuose er auf diesem Feld war, mit seinem Können protzen, war ein allzu einfältiger Angeber. Gut, er könne im Nachhinein leicht behaupten, eigentlich sei der andere an seiner Misere schuld. Doch er, Rainer, sei es nun mal gewesen, der die Verschlüsselung auflöste. Mit dem Ergebnis, jetzt die Maus zu sein, hinter der die Katzen her seien.

Wir sahen uns in die Augen. Nur kurz, schon huschten seine wieder weg. Doch es reichte aus, um diese unheilvolle Mischung aus Flehen und Angst zu erkennen. Aber ich verstand ihn nicht, wusste nicht, wovon er eigentlich redete. Noch sprach er für mich in Rätseln. In was hatte er sich so verhakt?

Den echten Freund erkennt man erst in der Not, murmelte er mit großen Augen, die zur grauen Decke hoch sahen.

Was sollte ich mit den zunächst mal abstrakten Vokabeln Geheimdienste, Wissenschaftler, Verschlüsselung anfangen? Wo lagen seine wirklichen Gründe, um auf eine Freundschaft zurückzugreifen, die schon viele Jahre zurücklag, dick von dem Staub der Zeit zugeschüttet, die eben er geradezu mit Füßen getreten hatte?

Nur nicht zu eilig, mahnte ich mich selbst. Achtsam perlte meine Antwort über meine Lippen. Ich wollte mich nur ungern in etwas hineinziehen lassen, das ich nicht durchschaute. Was mir vor allem abging, war Vertrauen zu meinem früheren Partner. Ich traute ihm nicht über den Weg. So war das; so einfach, und doch so kompliziert.

Ahnte Rainer, was mir da gerade durch den Kopf ging? Er griff über den Tisch, packte mich am Unterarm, beugte sich herüber, flüsterte, fuhr sich immer wieder mit der Zunge über die Lippen.

In seinem Kopf hause ein wirrer Bienenschwarm. Er lebe am Rande der Panik, werde von Attacken des Entsetzens gefoltert. Seine Hoffnung diktiere ihm nur einen Namen: Leo.

Solche emotionalen Ausbrüche mochte ich überhaupt nicht. Ich sah mich um. Niemand hatte uns im Blick. Wir waren nicht auffällig.

Welche Gespenster verfolgen dich, Rainer?

Seine Augen wurden schmal, seine Stimme scharf, drohte beinahe überzuschnappen. Wo andere Gefühle haben, Leo, laufen bei dir Schaltprozesse ab. War schon immer so. Hast du kein Mitgefühl?

Was sollte das denn jetzt?

Ich bat ihn, keinen Unsinn zu reden, sondern mir klar und deutlich darzulegen, um was es gehe. Ich habe es nämlich bislang nicht kapiert.

Rainer atmete tief durch, sah nach beiden Seiten, beugte sich zu mir hin, raunte mir ins Ohr. Um das Komplott eines geheimen Syndikats. Darum geht es, Leo.

Ohne Reaktion sah ich ihn stumm an.

Geheimdienste, Versicherungen, Banken, Politiker haben sich zu einem amoralischen Bund zusammengeschlossen und spielen ein tödliches Spiel.

Ein leises Lächeln von mir. Zu allen Zeiten der Menschheitsgeschichte wurden Syndikate und Monopole gegründet und die Wenigsten hatten die Moral auf ihre Fahne geschrieben. Aber wem sage ich das?

Es handle sich nicht um vergleichsweise so läppische Gaunereien wie Rohstoffe künstlich zu verknappen, um den Preis in die Höhe zu treiben.

Sondern?

Das Geschäftsmodell, um das es hier geht, heißt Tod.

Geht es vielleicht auch genauer, Rainer?

Ich sah das Flackern in seinen Augen.

Alle moralischen Parameter würden durcheinander gewürfelt, vom Spielbrett gekegelt. So lange, bis niemand mehr sagen könne, was richtig, was falsch sei. Auch er habe zunächst gezögert, sich gefragt, ob er so kindischen Gefühlen wie Eitelkeit und Trotz nachgebe.

Er verschanzte sich immer noch hinter Worten, drückte sich vor Klartext.

Ich runzelte die Stirn. Er solle jetzt bitte endlich aus dem Schützengraben steigen.

Ich sah in seinen Augen Zweifel. An was zweifelte denn er? An mir, den er doch als seinen Retter ansah, wie er gerade noch beteuert hatte?

Er zögere, da er fürchte, ich schenke ihm zu wenig Glauben.

Da könne ich ihm nun nicht helfen.

Zwischen uns standen die Weingläser. Wir hatten beide noch keinen Schluck getrunken.

Er beugte sich nicht vor, flüsterte auch nicht, sprach nur kontrolliert leise.

Die Versicherung brütete die Idee aus, die Bank sorgte für die Durchführung. Mächtige Strippenzieher der Politik schoben die begleitenden Gesetze an, die Geheimdienste kümmerten sich um gefährliche Widerspenstige.

Er machte eine kurze Pause. Effektvoll. Wie ein Schauspieler?

Eine unheilige Koalition, nicht wahr, Leo? Der Einsatz des zynischen Pokerspiels seien keine Firmen, keine Rohstoffe, sondern Menschen. Zielobjekt seien Senioren, je wohlhabender, desto besser. Diese betuchten Herrschaften konnten gar nicht schnell genug Fondsanteile in ihr Portfolio nehmen, gierig ob der hohen Rendite, nicht ahnend, dass sie mit ihrem Tod für den Erfolg der Anlage zu zahlen hatten. So weit, so schlecht.

Rainer war zunehmend atemloser geworden. Er fasste sich an die Brust, als bekäme er keine Luft.

Vor dem fest fixierten Ablauf ihres gezeichneten Fondsanteils sterben die Anleger. Selbstredend alle eines natürlichen Todes, von dem Arzt auf dem Totenschein bestätigt.

Verwechselte Rainer da was? Sei er nicht mehr auf dem Laufenden? Lebe er dort draußen auf einer Insel der Seligen? Gab es denn nicht bereits einen Fonds, der auf die Restlebensdauer einer Anzahl ausgewählter Kunden wettete?

Rainer lachte. Es war ein merkwürdiges Lachen, eher ein Meckern.

Ja, ja, nur der funktionierte nicht so profitabel wie es die Initiatoren geplant hatten. Der Fonds, über den er spreche, sei ohne weiteres als skrupellose Weiterentwicklung zu betrachten.

Warum, die Antwort auf diese Frage sei mir wichtig, warum komme er mit dieser dubiosen Sache zu mir, mache sie nicht öffentlich, inszeniere einen saftigen Skandal? Was soll ich denn dabei tun, Rainer?

Sie sind hinter mir her, Leo. Eine Angstattacke sprang ihm ins Gesicht. Blödsinnigerweise habe er sich zu weit aus dem Fenster gelehnt. Eine gefährliche, eine lebensgefährliche Fehleinschätzung. Er nahm mit einem Politiker, den er von früher kannte, Kontakt auf. Leider Gottes schätzte er diesen Knallkopp total falsch ein, beherrschte der doch die permanente Verlogenheit mit leichter Hand. Dieser Judas besorgte ihm einen Termin beim Justizminister in Berlin. Er ging leichtsinnigerweise davon aus, noch immer öffne ihm sein Name die Türen. Doch das war schon eine Lüge. Wäre er nicht Fall, Mitbegründer von »Pythagoras«, noch immer mit sehr guten Verbindungen zum Militär verschiedener Staaten, säße er bestimmt schon mit seinen Ahnen am Tisch. Das Blabla mit dem Minister brachte ihm allein die sichere Erkenntnis, in welch einen dicken Fettnapf er da gestolpert war. Die Zusage des Ministers, diese ungute Angelegenheit prüfen zu wollen, klang doch ziemlich lahm, war auch nicht ernst gemeint. Schon in Berlin begann der Boden unter seinen Füßen dünn zu werden und zu schwanken. In der Hauptstadt wurde aus seiner Angst Manie, denn überall sah er die auf ihn gerichteten Augen.

Rainer nahm sein Glas wahr, griff danach, trank es mit wenigen, großen Schlucken leer. Ein Satyrspiel begann, sagte er, und leckte seine Lippen. Seine Hand noch am Glas schimpfte er nun wüst über die Politik im Allgemeinen. Ich ließ ihm diesen emotionalen Auslauf, baute dieses Gezeter doch hoffentlich Spannungen ab.

Im besten Falle, knurrte er, stünde die Mehrzahl dieser Spezies auf der Stufe von Straßenhändlern mit wenig, zumindest mit verkümmerter Moral. In Berlin habe ihn die ganze Zeit Fäulnisgeruch in der Nase gekitzelt. Dazu ständig das Gefühl fremder Augen, wie auch danach in London und jetzt in Wien.

Ich erwartete, er sähe sich nun panisch im Lokal um, doch dem war nicht so. Was sollte ich von seiner wütenden Klage halten? Entsprach das alles der Realität, waren seine Nerven überreizt, zeigte er Zeichen von Paranoia? Kannte ich Rainer überhaupt noch? Konnte ich seine Verwandlung richtig beurteilen? Saß ich neben einem Kranken, einem Geisteskranken?

Konkret, Rainer, was befürchtest du?

Sie werden mich wie Müll zur Seite schaffen. Heute noch, oder doch bestimmt morgen, übermorgen. Ich bin ihnen in den Weg gelaufen, weiß über ihre Machenschaften Bescheid, und werde vermutlich nicht den Mund halten. Bin für die eine Zeitbombe, verstehst du, Leo?

Wenn es so ernst sei, warum habe er dann nicht ein ganzes Heer Leibwächter um sich herum? Lebensmüde oder verarmt, Rainer?

Rainer lachte höhnisch auf, schüttelte wild den Kopf. Das alles würde nichts nutzen, ziehe die Mörder nur wie der Honig die Fliegen an. Er habe gehofft, unauffällig, unbemerkt nach Wien zu gelangen, um mit Leo Petermann zu sprechen, in der Hoffnung, zusammen würde ihnen schon etwas Gescheites einfallen, wie er sich aus der Krise herausmogeln könne.

Der Kellner stellte den Teller mit Buchteln auf den Tisch, wunderte sich mit deutlichen Blicken über mein volles Glas, sagte jedoch nichts, fragte Rainer, ob er noch ein Glas bringen solle, woraufhin Rainer nickte.

Ich nahm eine der Buchteln, biss hinein, blickte mich um. Im »Hawelka« war kein Stuhl mehr unbesetzt. Nichts, niemand war mir irgendwie auffällig. Rainer sah mir eine Weile beim Kauen zu, bis er dann auch zulangte. Die Buchteln schmeckten gut.

Wein zu trinken zu dem süßen Gebäck: unmöglich. Ich winkte dem Kellner, ließ uns zwei Tassen *Braunen* bringen.

Nachdem wir beide an dem dampfenden Getränk genippt hatten, bat ich Rainer, mir jetzt alles zu erzählen, emotionslos, lückenlos, mit Namen, die ganze Geschichte einfach der Reihe nach. Anschließend würden wir sehen, was zu machen sei, versprochen.

Bevor er loslege, wolle er mich ausdrücklich warnen, mir deutlich sagen, dass auch ich, würden wir das »Hawelka« verlassen, im Fadenkreuz stehen würde.

Ich lächelte ihm zu. Dies sei auch so, wenn er mir nichts oder nur Ausschnitte preisgeben würde. Glaube er ernsthaft, habe man uns im Visier, dass die andere Seite annehme, wir unterhielten uns über Fußball?

Rainer machte jetzt keine Faxen mehr, legte die Fakten klar auf den Tisch. Er schilderte schnörkellos, sauber strukturiert, ohne zögernde Pausen. Er war ganz Rainer Fall, der über geschäftliche Vorgänge dozierte, die er analysiert hatte. Nun erst, als er so kühl einen Punkt neben den anderen setzte, klang mir seine Geschichte logisch und auf einmal auch bedrohlich.

Rainer schwieg, sah mich fragend an. Ich hatte mich entschlossen, soweit es mir möglich war, ihm zu helfen. Sagte ihm, dass ich versuchen wollte, ihn wieder heil auf die Hebriden zu bringen und dass ich mich um diese offensichtliche Schweinerei kümmern würde. Wir fänden einen Weg. Morgen. Ich müsse nachdenken.

Mit einem bitteren Lachen dankte er mir. Ich hatte den Eindruck, er würde mir kein Wort abnehmen.

Wir zahlten, ließen Buchteln auf dem Teller zurück, verließen das »Hawelka«. Gegenüber, vor dem Hotel stehend, schlug ich vor, ihm für die Nacht im »Graben« ein Zimmer zu besorgen.

Nur keine Umstände, Leo. Sein Hotel sei nur wenige hundert Schritte entfernt.

Meine Begleitung durch die Nacht lehnte er nicht ab. Noch waren die Straßen nicht menschenleer. Rainer warf immer wieder Blicke um sich, als lauerten die dunklen Schatten der Häscher auf ihn.

Wir traten in die Lobby seines Hotels. Rainer war sehr blass und das lag nicht allein am künstlichen Licht. Er drehte seinen Hut nervös in den Händen. Wir umarmten uns kurz, verabredeten noch, gleich am Morgen zu telefonieren. Er drehte sich weg und ich sah die große Fliege, heute war es eine weinrote, und musste einfach lächeln.

Auf meinem Rückweg meinte ich tatsächlich dubiose Gestalten hinter mir auszumachen. Hatte mich Rainer mit seinem Wahn angesteckt?

Neben dem Zugang zur Dorotheergasse drückte ich mich schnell an einen Stand mit Snacks und Getränken, in eine möglichst finstere Ecke, wartete auf den, der mir folgen mochte. Ich wartete vergeblich, es kam niemand. Doch neben mir lehnte ein unrasierter, älterer Mann noch tiefer im Dunkel, sah mit brennenden Augen einem anderen zu, der genussvoll in eine Wurst biss. Darf ich Ihnen eine Wurst besorgen, fragte ich ihn leise. Ich ahnte das verschämte Nicken mehr, als dass ich es gesehen hätte. Also trat ich vor das offene Fenster, kaufte eine Wurst und einen Kaffee, reichte beides dem Mann im Schatten. Seinen Dank hörte ich nicht mehr.

Am Morgen meldete sich nicht Rainer Fall am Telefon, sondern die Polizei. Ohne weitere Schnörkel teilte mir der Beamte in breitem Wienerisch lakonisch mit, Rainer Fall sei tot. Darum wolle man mit mir sprechen.

Die Polizei holte mich, sehr rücksichtsvoll, vom Hotel mit einem unauffälligen Mittelklassewagen ab. Auf dem Präsidium saß ich zwei Beamten gegenüber, beide sehr höflich.

In den frühen Morgenstunden sei Herr Fall, mit dem ich ja noch am Abend im »Hawelka« gesessen hätte (siehe da, das wussten sie also), am Ufer der Donauinsel von einem Spaziergänger, der mit seinem Hund unterwegs war, gefunden worden.

Sein oder seine Mörder hatten ihn erschossen.

So hatte sich sein Unken schnell erfüllt. Rainer war an der blauen Donau, die gar nicht blau ist, gestorben.

Nach dem ausführlichen Gespräch mit der Kriminalpolizei, der ich leider keine wirklich hilfreichen Hinweise geben konnte, brachte man mich zurück zum »Graben«. Von dort telefonierte ich mit der Deutschen Botschaft, ein kurzes, sehr geschäftsmäßiges Gespräch.

Keine zwei Stunden später flogen Magdalena und ich zurück nach München.

14

Am nächsten Tag macht sich Magdalena wieder an ihre Arbeit, hat sie doch eine ganze Reihe Termine, die sie einhalten muss, in ihrer Arbeitskladde stehen.

Ich lasse es zunächst locker angehen, mache mir vor, Rainers gewaltsamen Tod nicht als Ansporn, ja sogar als Verpflichtung zum Handeln nehmen zu müssen.

Erst einmal schaue ich in Stadlried bei Alwin Voglmeier in der Werft vorbei. Meine Augen können natürlich keine sichtbaren Fortschritte an meinem Segelboot finden. Klar, in diesen wenigen Tagen.

Ich treffe mich mit Hochwürden Demme im Kloster, mache mit ihm einen Rundgang. Wir besuchen die Restauratoren, lassen uns Arbeitsschritte beim Freilegen von alten Fresken erläutern. Wandere anschließend mit dem Pfarrer hinauf zur Steinkirchner Höhe, zu den Windrädern.

Radle bei schönem Frühlingswetter hinüber zum Schloss Blauberg, trinke mit dem alten Baron bei einem entspannten Plausch ein Glas hellen Traubensaft, bevor ich wieder die Heimfahrt antrete.

Sitze mit Fritz Dessoir, dem Patron des »Kellertheaters«, im Biergarten, wo wir über mein Theaterstück sprechen. Er redet mir meine Vorstellung aus, ich könne nur über das schreiben, was ich wisse und kenne. Ich müsse lernen, die Fantasie einzusetzen und sie in Worte zu fassen.

Verbringe einen sonnigen Tag in meinem Rosengarten, sitze mit meinen Nachbarn Korbinian, Xaver, Hannes und Rup auf meiner Terrasse beim Wein.

Stochere, wenn auch noch wenig ernsthaft, im Internet herum, suche nach irgendwelchen Hinweisen über diesen ominösen Fonds, von dem Rainer gesprochen hat. Werde nicht fündig, entdecke nicht mal einen vagen Fingerzeig, dass da irgendwas nicht stimmt. Allerdings, wie gesagt, ich grabe nicht wirklich nach, kratze eigentlich nicht mal auf der Oberfläche herum. Was hält mich ab? Ich weiß es nicht. Mein Unterbewusstsein ist noch dabei, zu versuchen, die richtigen Punkte zu verknüpfen.

Diese ruhige Phase, die eigentlich so ganz nach meinen Vorstellungen verläuft, also dieser Schlendrian, dauert nicht mal eine ganze Woche. Dauert bis zu dem Vormittag, an dem mir ein Bote von »Pythagoras« Post bringt, was ja hin und wieder vorkommt, per se also nichts Besonderes ist. Es ist ein brauner Umschlag von Samuel Attendorn. Und das ist dann schon etwas Besonderes.

In der Bibliothek, noch stehend, schneide ich den Umschlag auf.

Der Professor, der Titel steht im Briefkopf, vornehm im Stahlstich gedruckt, schreibt an den lieben Leo, legt ihm den Brief von Vetter Rainer, der beigefügt ist, unbedingt, ja, dringend ans Herz. Mit reichlich Schmäh gewürzt, nennt er sein Alter sowie die wohl dazugehörigen, schon etwas unangenehmen gesundheitlichen Sperenzien, als hinreichende Gründe, nicht nach München reisen zu können. Er wählt nette Worte, die er mit dem Hinweis verbindet, es sei wirklich dringend, die Einladung auszusprechen, doch zeitnah nach Salzburg zu kommen.

Was will Samuel, den ich doch gar nicht so gut kenne, vom lieben Leo? Habe ich überhaupt Lust auf eine Visite in Salzburg? Sollte Magdalena mitkommen wollen, werde ich darüber nachdenken.

Was hat Rainer auf das einfache, graue Briefblatt, oben allein sein Name als Blindprägung, post mortem für mich geschrieben? Sein Testament. In Kurzform. So liest es sich. So lese ich es.

In seiner breiten, papierfressenden Handschrift stehen da in wenigen Zeilen seine posthumen Wünsche.

Es sind zwei: Auf dem Waldfriedhof in München wünscht er anonym bestattet zu werden. Dann bittet er mich, sein Testamentsvollstrecker (sein letzter Wille liegt bei seinem Anwalt in London) zu sein und in den Vorstand seiner Stiftung einzutreten.

Es sind nicht böse Worte, nicht mal ärgerliche Gedanken, die ich ihm ins Jenseits nachschicke, es ist mein völliges Unverständnis, weshalb er mir das zumutet. Kann ich das vielleicht sogar als nachgetragene Boshaftigkeit ansehen?

Noch den Brief vor mir auf dem Tisch, wähle ich Werner Brandscheids Nummer, sehe dabei über die Gartenmauer bis zur Spitze des Kirchturms von Kimmling. Nach einer kurzen Einleitung lese ich Werner die Wünsche Rainers vor. Mein Finanzberater denkt einen Moment nach, sagt, ich solle ihm das Schreiben als Mailanhang schicken. Er wird sich über den augenblicklichen Zustand der Stiftung schlau machen und mir danach seine Empfehlung kundtun.

Um die Bestattung werde ich mich kümmern, Werner. Ich denke an eine Trauerfeier, die auch »Pythagoras« die Möglichkeit gibt, angemessen von ihrem Mitbegründer Abschied zu nehmen.

Unser kurzes Gespräch ist längst beendet und ich stehe, noch immer das Telefon in der Hand, neben dem Tisch, sehe ins Weite, frage mich, ob Rainer in mir mehr sah, als ich je dachte? Für mich ist er all die Jahre, in denen er am Rande der Welt lebte, nur ein schwacher Schatten gewesen, mehr nicht.

Der Blick aus dem Schlafzimmerfenster zum Wald hin ist mit der Vokabel trostlos noch gelobt. Ein grauer Vorhang hat mein Haus eingeschlossen. Dieses Aprilwetter stört mich nicht sonderlich. Hinter mir liegt die schlummernde Magdalena im Bett. Die Liebe mit Magdalena ist für mich Trost ohne jede Traurigkeit. Ich fühle etwas, das ich für mich Fröhlichkeit nenne, ein Wort, das ich erst seit Magdalena zu denken vermag.

Auf nackten Sohlen bewege ich mich nach nebenan ins Ankleidezimmer, suche meine Siebensachen zusammen, rasiere mich im Badezimmer, dusche.

Optimal gekleidet für meine kurze Radtour, verlasse ich das Haus. Dichter Nebel wabert um mich herum, feuchte, dicke Luft, der Blick ist gerade mal vielleicht zehn Meter weit zu ahnen. Solch eine Waschküche ist auch hier am See nicht allzu häufig. So entscheide ich mich für den längeren, allerdings auch sichereren Weg hinüber zum Ort. Immer wieder muss ich mir unterwegs die Augen trocken reiben. Klar, die Fahrt dauert heute länger als gewöhnlich. Zwischen den ersten Häusern wird die Sicht besser, wenn auch nur wenig. Vor dem Bäckerladen stelle ich mein Rad ab. Durch das Fenster, an dem dicke, feuchte Tropfbäche herunterlaufen, erkenne ich Leni hinter der Theke. Ihre braunen Semmeln sind der Lichtblick in dieser unangenehmen Suppe.

Magdalena empfängt mich in der Tür, nimmt mir die Tasche mit der Semmeltüte und der Zeitung ab, streift mir die nasse

Mütze von den Haaren, drückt mir ein Handtuch ins triefende Gesicht. Gleich darauf stehe ich schon wieder, noch einmal, unter der warmen Dusche, und erscheine anschließend im Bademantel am Frühstückstisch.

Den Arm um die Hüfte des anderen gelegt, wollen wir gerade hinüber in den Salon, als mir Martha einfällt, die heute herüberkommen will, um die Wäsche zu machen. Ich muss sie gleich anrufen, um ihr abzusagen.

Als ich einige Minuten später die zwei Stufen hinuntergehe, steht Magdalena am Fenster, schaut zum See hinüber, dreht sich zu mir um. Wir lächeln uns an, gehen aufeinander zu.

Wir liegen auf der breiten Couch, Körper und Geist eng beieinander, sprechen.

Auf den Kaminsims habe ich erst neulich zwischen die Fotos einen Kalenderspruch gesteckt.

Wenn wir schweigen, sind wir einer,
wenn wir reden, sind wir zwei.

Magdalena hat ihn gelesen. Diese Zen-Worte sind tief, unergründlich, kaum zu erfassen. Ich setze ihn gleich dem Spruch

Fasse Liebe nicht in Worte,
sie sind ihr Tod.

Unser Gedankenaustausch wird bald zum Flüstern, wir schmusen, küssen, begehren.

Und die ganze Zeit schaut uns aus einer Ecke der Couch der Teddy Peterle zu, den mir Magdalena geschenkt hat. Sie bemerkt, dass ich den braunen, kuscheligen Kerl versonnen betrachte. Ihre Augen fragen.

Wir lehnen uns zurück, die Arme um uns gelegt, sehen die Feuchtigkeit auf den Scheiben rinnen, unsere Augen durch das helle Grau dorthin gerichtet, wo wir den See wissen.

Erinnerungen steigen hoch. Ich erzähle Magdalena von dem Kindermädchen, das Shirley hieß und aus Schottland kam, dem der Teddy seinen Namen verdankt, da Shirley mir einst eine kleine Puppe mit Namen Peterle schenkte. Kurz bevor sie mich damals, wie auch eine Reihe anderer Kindermädchen, verließ, hat sie mir, ich war da vielleicht fünf, etwas gesagt, mit wütenden Augen gesagt: Sie sprach von meinem zufälligen Vater, sei ich doch nicht aus frohem Willen, nur allein aus banalem Zufall auf dieser Welt. Ich habe sie damals nicht verstanden. Heute aber glaube ich, dass ihre Worte stimmen.

Der Satz brannte sich jedenfalls in mein Gedächtnis.

Am frühen Abend, nachdem sich die beiden munter diskutierenden, nackten Philosophen von der Couch erhoben haben, bereitet Magdalena, nur mit vorgebundener Schürze bekleidet, ein Pilz-Omelett, ich, mit einem Handtuch um die Hüfte, richte den Salat an.

15

Um mit ihm einen Besuchstermin abzusprechen, rief ich kurz vor Mittag Samuel Attendorn in Salzburg an, durfte mich zunächst einmal in Geduld üben, bis er endlich abhob, sich meldete, ein bärbeißiger, ziemlich unleidlicher, alter Kauz. Meine Feder will locker bleiben und notieren: Samuels Schreibe war deutlich netter als seine Spreche.

Erst nachdem er endlich verstand, wer am Telefon war, wurde seine Laune um einige Nuancen besser, seine Stimme weniger laut. War der alte Mann schwerhörig, hatte er sich jetzt auf meine Stimmlage eingestellt?

Ich habe also seine Post erhalten? Wann würde ich gedenken, mich bei ihm in Salzburg sehen zu lassen?

War es so, dass der berühmte Philosoph nur winken muss und es bleibt keine Wahl, als brav zu folgen?

Wann immer es Samuel passe, kam ich ihm entgegen.

Er möchte mich daran erinnern, sagte er spitz, dass er in einem Alter sei, in dem Zeit eine zu bedeutende oder gar keine Rolle mehr spiele.

Was dieser Hinweis konkret bedeute?

Dass ihm jeder Tag recht sei.

Kommenden Donnerstag?

Weshalb gerade Donnerstag?

Ein Reflex des Philosophen, Samuel?

Er brummte zweimal. Ist mir recht. Also gut: Donnerstag?

Samuel wohne noch am Waagplatz?

Nicht doch, Leo, flüsterte er plötzlich erschrocken. Nicht bei mir. Wir treffen uns auf dem Friedhof der Erz-Abtei St. Peter, am Mittag, punkt Zwölf. Komm allein, Leo, unbedingt.

Er legte auf. Kein weiteres Wort, keine Abschiedsformel. Ein eigenartiges Verhalten. War es das Alter oder hatte auch Samuel Angst?

Dem Schloss Mirabell gegenüber stellte ich den Wagen in der Tiefgarage ab. Bei Kaiserwetter spazierten Magdalena und ich durch den Mirabellgarten zur Salzach, folgten dem Uferweg, setzten uns für ein Viertelstündchen in die Sonne auf eine Bank. Auf dem Weg zum Dom, schon auf der anderen Seite des Flusses, kauften wir in einem schmalen Laden Mozartkugeln. Am Domplatz setzten wir uns vor ein Café.

Magdalena blieb an dem runden Tischchen sitzen, als ich mich rechtzeitig auf den kurzen Weg hinüber zur Erz-Abtei machte.

Ich blieb gleich hinter dem schmalen Torbogen stehen, schaute mich um, konnte keinen Menschen auf dem im Schatten des Mönchsbergs gelegenen Friedhof erkennen.

Die Mittagsglocke läutete die zwölfte Stunde und ich wartete. Erst als die Glocke schon längst schwieg, betrat Samuel Attendorn die Bühne. Durch eine schmale Pforte im Hintergrund kam er auf den alten Gottesacker, auf einen Stock gestützt, bewegte sich nur langsam auf einem der engen Wege zwischen den Gräbern. Ich ging ihm entgegen. Er trug einen dunkelblauen, eleganten Halbmantel. Von seiner Schulter baumelte eine gefüllte Jutetasche. Mit einem Abstand von vielleicht zwei Schritten blieb er stehen. Er stellte den Stock vor sich auf den Kiesweg, legte seine Hände darauf.

Samuel.

Leo.

Schweigen. Einige Momente lang. Ein stummes gegenseitiges Abschätzen.

Er gehe davon aus, felsenfest, sagte er mit brüchiger, rauer Stimme, er dürfe sich auf mich verlassen.

Ich lächelte und war erst einmal boshaft. Pünktlichkeit zähle wohl nicht zu den hervorstechendsten Eigenschaften eines Philosophen.

Samuel seinerseits konnte ziemlich giftig schauen. Die dichten, blonden Brauen zogen sich über den hellen Augen zusammen. Auf einmal wirkte das hagere Gesicht streng. Die Zeit habe keine Bedeutung mehr für ihn, habe er doch vermutlich kaum noch einen nennenswerten Vorrat davon.

So etwas konnte nur ein Philosoph äußern, dachte ich, und: Samuel hatte die gleichen blassblauen Augen wie Rainer.

Dir geht es gut, Samuel?

Seine schmalen Lippen verzogen sich zu einem recht schiefen Grinsen. Ich solle mal nicht witzig sein. Er befinde sich in der zweiten Hälfte der achtzig. Da gehe es einem nicht mehr gut, zumindest körperlich nicht. Wichtig sei da allein noch die Birne. Und da stimme es noch immer. Sein Gehirn sei intakt, er habe allerdings reichlich damit zu tun, die zahlreichen Zipperlein des Körpers im Griff zu behalten. Soweit der Bericht seines Zustandes in Kurzfassung.

Samuel habe sich den Weg hierher ersparen können, sei mir doch seine Adresse bekannt.

Tatsächlich wurden seine Augen sichtbar dunkler. Wüsste ich nicht, dass Rainer verfolgt wurde?

Ich nickte. Auf was wollte Samuel hinaus?

Wurde Rainer nicht das Lebenslicht ausgeblasen? Einfach so, gnadenlos? Auch wenn er sich bereits in Sichtweite des Grabes befinde, werde er doch seine letzten Erdentage nicht leichtfertig verkürzen. Wenn er nämlich nichts an den Augen habe, dann würde seine Wohnung überwacht. Tauche dort jetzt Rainers ehemaliger Partner auf, auch ein eben nicht ganz unbekannter Mensch, sei es für die Dunkelmänner ein Leichtes, zwei und zwei zusammenzuzählen. Vorsicht sei nun mal die Mutter der Porzellankiste, nicht wahr, Leo?

Mit dem Arm strich ich in einer weiten Bewegung über den Friedhof hin. Hier in diesem sakralen Umfeld sind wir also vor den Dunkelmännern sicher, Samuel?

Jedenfalls ebenso sicher wie sonstwo in der Stadt. Bösewichter mieden Orte wie diesen. Er blickte sich um. Zudem würden wir jeden sehen, der diesen Friedhof betrete. Dennoch, meinte er, sollten wir nicht leichtsinnig die Zeit unnütz verstreichen lassen.

Die rechte Hand auf den Stock gestützt, zog er die Jutetasche von seiner Schulter, reichte sie mir hin.

Mit Grüßen von Rainer.

Ich warf einen schnellen Blick in die Tasche. In ihr steckte ein ziemlich umfangreicher, brauner Umschlag, der zugeklebt war. Auch ich legte mir die Tasche über die Schulter.

Samuel seufzte tief auf. Jetzt sei ihm leichter ums Herz. Habe er mir doch den Schwarzen Peter in die Hand gedrückt, beziehungsweise über die Schulter gehängt. Er gestattete sich eine Andeutung von Humor.

Darauf ging ich nicht ein. Hat Rainer dir erzählt, wie er in diesen Schlamassel geraten ist, Samuel?

Ja, das habe er. Er mache sich Vorwürfe, da er Rainer nicht ernstgenommen habe. Habe er sich doch dummerweise gesagt, der Vetter sei dort draußen auf seiner Insel vermutlich wunderlich geworden.

Wütend stieß er den Stock in den lockeren Kies.

Seit Rainers Tod könne er kaum noch einen klaren Gedanken formulieren. Rainers Stimme rede ihn ständig an, zu jeder Stunde, überall, richtig beängstigend sei das, auch ärgerlich, wie fest der tote Vetter ihm im Kopf sitze und auf Rechte poche, die er ihm gar nicht zugestehe. Nun hoffe er, nachdem der ominöse Umschlag sich in meinen Händen befinde, dass dieser Unsinn ein Ende nehme.

Seine Stimme hatte einen ironischen Klang. Allerdings vermutete ich, dass es ihm sehr ernst war.

Was enthält der Umschlag, Samuel?

Der alte Philosoph hob seine Schultern, schüttelte den Kopf. Er habe ihn nicht geöffnet und Rainer habe nichts dazu gesagt. Ihm sei das jetzt egal, das sei nun allein mein Ding.

Ich informierte Samuel über die Trauerfeier und den Termin, lud ihn dazu ein, würde ihn abholen und auch wieder zurückbringen lassen.

Seine prompte Antwort überraschte mich.

Solch ein Prozedere sei nur über ein Codewort möglich.

Ich wusste, was er damit sagen wollte. Es war für mich auch ein Zeichen dafür, dass er ohne Zweifel nicht wenig Angst hatte.

Also schlage ein Codewort vor, Samuel.

Amadeus.

Ich lächelte. Wirklich tiefsinnig, Samuel.

Er zeigte kurz seine gelben Zähne. Gerade darum.

Auf einmal funkelte er mich an, seine Stimme wurde scharf. Habe ich mich denn entschlossen, dem bösen Treiben Halt zu gebieten?

Er ging mich richtig an. Würde er mir gar mit dem Stock drohen? Sein Ausbruch erstaunte mich. Und es kam noch heftiger.

Höchste Zeit sei es, dass ich mich meiner Pflicht stelle, blaffte er.

Pflicht? Welche Pflicht, Samuel?

Freundespflicht, Leo. Rainer war dein Freund. So hat er das jedenfalls gesehen. Zudem gebe es noch zwingende moralische Gründe.

Sage sie mir, Samuel.

Rainer wurde mit Gewalt auf die lange Reise geschickt. Warum? Aus Heimtücke? Rache? Um ihm den Mund zu verschließen? Kennen wir denn die wirklichen Gründe? Du, Leo, hast Möglichkeiten, in mancher Hinsicht möglicherweise bessere als die Polizei, diese bedrückenden Fragen zu klären.

Rainer ist ein gutes Argument, Samuel. Moralische Aspekte interessieren mich nicht.

Meine Gründe seien ihm wurscht, seien meist ohnehin eine Melange, raunzte er. Wichtig allein, ich ginge es wirklich an. Versprochen, Leo?

Zunächst werde ich prüfen, was der Umschlag enthält. Versprechen werde ich dir nichts, Samuel.

Abrupt drehte er sich quasi auf dem Absatz um, schlurfte langsam den Weg hinunter zu der Tür, durch die er gekommen war.

Ich kehrte zu Magdalena zurück. Unser Treffen hatte nicht einmal dreißig Minuten gedauert.

Bis zum frühen Abend bummelten wir durch Salzburg. Sprachen immer wieder über Samuel, über Rainer, tauschten unsere Gedanken zu diesem Themenkreis aus.

Die Fahrt nach München unterbrachen wir am Chiemsee, um dort in einem Restaurant gut zu speisen.

Erst am kommenden Nachmittag schnitt ich in der Bibliothek den Umschlag auf. Ich beschäftigte mich intensiv mit der ersten Durchsicht der sehr unterschiedlichen, äußerst diffizilen Papiere, in denen sich bald eine Brisanz offenbarte, die mir Rainers mündlicher Bericht längst nicht zu vermitteln vermochte. Nur zu begreiflich, dass dem alten Philosophen gar nicht wohl in seiner Haut war, hatte er doch zweifellos erfasst, welch eine schmutzige Inszenierung da am Laufen war, welche empfindlichen Zünder in dem Umschlag steckten.

Mehrere Tage benötigte ich, mich in die Unterlagen zu vertiefen, zu versuchen, sie mir aus unterschiedlichen Blickwinkeln anschaulich zu machen. Sie gaben mir reichlich Futter zum Denken.

In meinem Kopf ließ ich den zahlreichen Fragen freien Auslauf. Immer wieder stellte ich fest, war verwundert, dass meine Schlussfolgerungen nicht in jedem Fall die gleichen waren, zu denen Rainer gekommen war. Mir erschienen die geschickt getarnten Machenschaften unglaublich perfide, kaum vorstellbar, so ein Spiel direkt vor der Nase der Öffentlichkeit durchzuziehen.

Ich saß in meinem Lehnstuhl vor dem Kamin, eine kleine Figur aus dem Kongo vor Augen, und dachte nach. Da störte mich ein Paketbote, der unten vor dem Tor stand, und mir, wie sich herausstellte, einen Gruß aus dem Jenseits ins Haus bringen wollte.

In einer hellen Holzkiste schickte mir Rainer drei Flaschen Whisky, Scotch aus seiner Destille, quasi handmade. Auf der beiliegenden Karte, sein Namen in Blindprägung, standen in seiner großen Schrift nur wenige Worte: Leo, genieße jeden einzelnen Schluck und denke dabei an mich. R.

Konnte es sowas wie aktive Bestechung durch einen Toten geben? Denn die Kiste war der letzte Anstoß, an diesem Tag endlich den Fehdehandschuh aufzunehmen, dessen Folgen noch ungeahnt in einer Art Kreuzzug mündeten.

Ich notierte alle meine Fragen, stellte sie zu meiner ersten Arbeitsagenda zusammen, setzte mich an meinen Computer, begann meinen Marsch durch das Netz.

Auf der Suche nach Antworten auf meine Fragen kam ich nicht weit. Völlig unerwartet stellten sich mir Hindernisse in den Weg, wo ich gar keine vermutet hätte. Fast konnte ich mir einbilden, auf der anderen Seite sitze mir ein leibhaftiger Gegner gegenüber, der mich grinsend foppte. Tatsache war, ich kam nicht mal in Trippelschrittchen weiter. Da halfen auch keine Tricks. Vor mir befand sich, mit Fleiß und Geschick aufgebaut, eine unnachgiebige Gummiwand.

Frage: Warum und wie hatte es Rainer geschafft? Welche Hilfsmittel hatte er zur Hand gehabt, die ich, im Moment jedenfalls, nicht hatte?

Die Recherche entwickelte sich zu einem Geduldsspiel, bei dem ich noch nicht einen richtigen Schritt vorwärts gekommen war, als ich für einen Tag unterbrechen musste.

In Schloss Fürstenried, gleich in der Nachbarschaft des Münchener Waldfriedhofs, fand die Trauerfeier für Rainer Fall statt. Die gesamte Vorbereitung hatte in den Händen von »Pythagoras« gelegen.

Viele bekannte Gesichter aus Wirtschaft, Kunst und Politik sah ich, der ich für diesen Tag noch einmal der oberste Repräsentant der Firma war, an mir vorüber ziehen.

Neben mir stand, für die gesamte Familie Fall, Samuel Attendorn, der, auf seinen Stock gestützt, mit stummem Nicken die gemurmelten Kondolenzworte entgegennahm.

Ich sprach für »Pythagoras« die Trauerrede, ein erinnerndes Nachdenken über den Mitbegründer und Freund Rainer Fall. Ich denke, er durfte droben auf seiner Wolke zufrieden sein.

16

Schon sehr zeitig wechsele ich aus dem warmen Bett im Schlafzimmer in die Bibliothek vor den Monitor, den ich mir im Augenblick als ein widerborstiges Wesen einbilde, fühle mich schnell wie in einer Tretmühle, da ich im Voraus bereits weiß: Jede neue Idee führt unweigerlich in eine Sackgasse.

Als ich mich aufmache, meine Semmeln zu holen, blicke ich dem Tag, ausgerichtet auf mein Ziel, eigentlich wenig hoffnungsfroh entgegen.

Später stehe ich hinter den hohen Fenstern zur Terrasse, sehe den trostlosen, eselsgrauen Aprilhimmel schwer über der sonst so arkadischen Landschaft hängen. Wenigstens regnet es nicht; noch stimmt das Versprechen der Wetterfrösche. Aus dem Bauch heraus schenke ich mir einen Blauen Tag. Als Privatier gestehe ich mir das zu, ohne Wenn und Aber.

Verschreibe mir erst einmal einen Spaziergang nach Kimmling hinüber, um meinen Kopf durchzulüften, meine Gedanken in eine logische Reihe zu dirigieren. Am Weg entdecke ich weiß blühende Schlehen, die das Bild des Tages gleich etwas heller machen.

Aus der Entfernung sehe ich die Bahn auf der Höhe lautlos durch die Landschaft fahren. Als ich mich der Bäckerei List nähere, kommt gerade der Heimatfilmer aus dem Laden. Heißt er nicht Holzer? Seinen Vornamen, Daniel, habe ich mir gemerkt. Er schaut herüber, schiebt seine Brille die Nase hoch, ist sich wohl nicht ganz sicher, ob ich der bin, den er glaubt, zu sehen. Unsere Wege kreuzen sich. Daniel fällt neben mir sofort in den Gleichschritt und fängt nach dem *Servus* zu reden an. Ich ermuntere ihn offenbar mit meiner freundlichen Liebenswürdigkeit. Dem Franz, der, dem das *Alte Haus* gehört, dem haben Unbekannte in der Nacht in seinen kleinen Teich hinter den Stallungen Schrott entsorgt. Einen Kühlschrank, eine alte Badewanne, auch Autoreifen samt Felgen hat Franz aus dem Wasser geholt. Hat dabei laut auf Josef, unseren Bürgermeister, geschimpft, dem er diese ökologische Untat, wie er sagt, in die Schuhe schiebt. Bis zum Platz vor dem Rathaus unterhält er mich mit diesem Gerangel unter alten Lokalmatadoren. Doch plötzlich hebt er seine Hand, schickt noch einen letzten kurzen Satz in meine Richtung, sagt *Habe die Ehre* und biegt in eine der kleinen Gassen ab.

Ich spaziere weiter in Richtung auf die Kirche zu, sehe mir im Vorbeigehen die Ruine des *Alten Hauses* an. Von dort gehe ich den kurzen Weg zum Kramerladen, um eine Tüte Himbeerbonbons zu kaufen. Hier muss ich, ich weiß es ja, nicht allein mit harter Münze zahlen, sondern auch mit einer, wenn es gut geht, nicht zu ausführlichen Unterhaltung. Des Kramers Wissen ist allerdings noch aktueller als das von Daniel. Von ihm höre ich, dass die Kripo aus der Kreisstadt nach dem Brandstifter sucht, der das *Alte Haus* angezündet haben soll.

Aha, schau an.

Der Weg am Bahnhof vorbei, hinüber auf die andere Ortsseite zu Magdalenas winziger Märchenvilla, ist nicht allzu weit.

Wie der Deckel einer Schatzkiste öffnet sich die grüne Tür. Magdalena, in buntem Kaftan, strahlt mich an, packt mit ihrer rechten Hand meine linke, zieht mich wie ein Boot an den Steg zu sich heran, küsst mich. Diese Begrüßung ist für uns inzwischen so was wie ein Ritual, das alleine uns gehört.

Ich lasse mich in meiner Sofaecke nieder, die Magdalena immer für mich frei hält, während sie die Bonbons in das bauchige Glas schüttet, das seinen festen Platz auf dem Regal neben der Tür hat.

Magdalena arbeitet. Sie bemalt den Kopf einer Puppe.

Ich gehe nicht ausführlich auf meine Recherchen ein, erwähne eigentlich nur, dass ich immer noch nicht weitergekommen bin. Ich habe nicht mal an der dicken Mauer gekratzt, mit der sich der nebulöse Gegner umgeben hat.

Dafür erzähle ich ausführlicher von meinem Treffen gestern Mittag mit Fritz Dessoir. Unser Thema war natürlich wieder mein Stück, in dem ein Mann die Hauptrolle hat, der jedem mitteilt, er kenne das Datum seines Todes, habe den Ablauf seiner Restzeit ständig vor Augen. Dessoir will die Figur skurriler, ich möchte sie düsterer machen. Wir sind uns da dramaturgisch nicht einig. Als Theatermann hat er die Erfahrung, aber ich gebe nicht nach, noch nicht jedenfalls.

Ich möchte rechtzeitig zum Mittagessen bei den Weilnböcks sein, küsse Magdalena, sehe ihr einen langen Moment in die schönen Augen und mache mich auf den Weg.

Später, nach dem obligatorischen Obstler, fragt mich Korbinian, ob ich ihn zu Inni hinüber begleiten will.

Ich will.

Gleich neben der Tür im ehemaligen großen Scheunentor hat Inni ein amerikanisches Autoschild mit dem Text *God bless our nation* genagelt, das Souvenir einer Tour auf der Route 66.

Ist Inni zu Hause, dann ist bei ihm open door. Er begrüßt jeden, der in seinen großen Wohnraum tritt, der auch sein Büro ist, wie einen alten Freund.

Elvis singt zu unserer Begrüßung. Inni liebt Elvis fast so sehr wie seine seltenen Blumen und exotischen Samen.

Ein kühles Bierchen für euch? Lachend schaut er uns entgegen.

Wir nicken unisono.

Kaum haben wir die kühlen Bierdosen in der Hand, schon sitzen wir am runden Tisch und spielen Skat.

Nach einiger Zeit gesellt sich Rup Falke zu uns, löst mich zu gerne an den Karten ab.

Ich stehe am Tisch. *Satis bibisti satis ludisti tempus est abire.*

Sie sehen alle drei zu mir auf.

Was hast du genug, Leo, will Inni wissen.

Genug gezecht, genug gespielt, Zeit, nach Hause zu gehen. Rup liefert die Übersetzung.

Hätte ich dem Musikanten gar nicht zugetraut.

Ich lächle in die Runde, sage danke und verlasse den Kastlerhof. Bleibe vor der Hofeinfahrt stehen und betrachte mein Refugium. Das Problem Rainer ist ganz kurz in den Hintergrund getreten.

Der Fonds des Teufels

17

Mir war es dann doch gelungen, ein winziges Eckchen der Tarnkappe, die der unsichtbare Gegner über den Fonds gestülpt hatte, anzuheben und was ich darunter fand, gefiel mir gar nicht, ließ mich augenblicklich an meinen Vater denken.

Mein alter Herr lässt es sich bei bester Gesundheit in der »Residenz über dem See« gut gehen. Dem emeritierten Professor wird alles geboten, wonach ihm nur der Sinn stehen mag. Seit einiger Zeit hat er eine Dame an seiner Seite, Freifrau Ehrentraut von Stetten, mit der er Staat machen kann, was ihm die Brust schwellen lässt. Beide Herrschaften sind selbstverständlich Mitglieder im elitären Kreis der *Weimarer Geister,* der sich in der Residenz zusammengefunden hat, sich zugutehält, auf hohem Niveau Umgang und Austausch zu pflegen.

Vater wippte in seinem bequemen Schaukelstuhl auf dem windgeschützten Balkon mit Blick zum See, die leichte graue Wölkchen produzierende Pfeife in seiner linken Hand, ein aufgeschlagenes, umfangreiches Buch auf den Knien, bis zur Hüfte in einer Decke eingepackt.

Als ich ihn von der Tür her ansprach, drehte er den Kopf, runzelte augenblicklich die Stirn, was mir signalisierte, mein Erscheinen passe ihm nicht, wieder einmal, lasse ich mich doch nicht zum vorgegebenen Termin sehen. Nicht der geringste Hinweis von seiner Seite, mein Besuch könne ihn möglicherweise freuen. Statt einer Erwiderung meines Grußes sofort die Frage, ob ich kein Telefon mehr besäße. Immerhin deutete er mit der Pfeife auf den braunen Plastikstuhl vor der Brüstung. Ich zog den Stuhl heran, setzte mich, stützte die Ellbogen auf die Oberschenkel, sah meinen Vater also von einem niederen Punkt aus an. Solche Spielchen erfasste er augenblicklich, instinktiv, sie gefielen ihm, er buchte sie locker seinem Ego zu.

Ich fragte, ob es ihm gut gehe, worauf er knurrte, an seiner Pfeife zog, den Rauch von sich blies und ihm hinterher hustete.

Ich sah ihn ruhig an, abwartend. Vater war heute nicht gerade gut drauf, war regelrecht verstockt, unleidlich, mürrisch.

Wo ist Frau von Stetten, Vater? Hast du nicht mal gesagt, du würdest dir gerne von ihr vorlesen lassen?

Diesen Versuch, eine Unterhaltung in Gang zu bringen, wollte er mit der rechten Hand wegfegen, erwischte allerdings sein Buch, das mit Schwung auf den Terrakottaplatten landete. Mit bösen Augen schaute er das Buch an, als sei es aus reiner Niedertracht von seinen Knien gesprungen. Ich hob es auf, legte es ihm zurück auf die Knie, ohne auch nur einen Blick auf den Titel zu werfen.

Hätte ich nicht den wichtigen Grund, der mir so unter den Nägeln brannte, um vor der Zeit bei ihm vorbeizusehen, hätte ich nur zu gerne den Rückzug angetreten. Also schwiegen wir uns an, ich sah zu den Bäumen des Parks hinüber, er seinen Rauchzeichen nach.

Es war Vater, der die sich dehnende Pause beendete.

Ehrentraut habe Besuch von ihrer Nichte. Die Damen seien zu einem Ausflug zur Ilka-Höhe aufgebrochen. Solche Kurzwanderungen seien überhaupt nicht nach seinem Gusto.

Mit dieser für ihn wortreichen Auskunft wollte er offenbar meine mögliche Mutmaßung zerstreuen, zwischen ihm und der Freifrau gebe es möglicherweise Unstimmigkeiten.

Auch jetzt kam es zu keinem Gespräch. Wieder einmal stand uns eine atmosphärische Störung im Weg. So zögerte ich nicht länger, auf den Punkt zu kommen, was allerdings schnell heikel werden konnte.

Darum schlich ich mich auf leisen Sohlen an. In der Eingangshalle, begann ich, hätte ich ein aufgestelltes Foto mit Trauerflor gesehen.

Die für mich so berüchtigte Falte zwischen seinen Augen kam wie aus dem Nichts. Mit dem Tod, auf welche Art auch immer, wollte mein Vater nichts zu tun haben. Schon das Wort und was damit zusammenhing wie Trauer, war tabu, stand für seine Umgebung auf dem Index.

Peter Richert, sagte er knapp, hatte Lippen wie ein Strich.

Überraschend? Ich bohrte nach.

Peter machte sich vor seinen unguten Umständen aus dem Staub, sagte Vater, und das klang sogar ärgerlich. Wurde es nun sogar richtig interessant?

Ein alter Herr im Rollstuhl sagte mir, als ich einen Moment vor dem Foto stand, es sei ein Unglück draußen auf dem See gewesen.

Unsinn, zischte Vater, seine Pfeife zwischen den Lippen.

Du sprichst von Suizid, Vater?

Ohne Drumherum, ja. Peter ist mit seinem Boot raus. Kein großes, eher ein kleines, eins, das er alleine zu segeln vermochte. Nach Meinung anderer war er ein routinierter Segler. Und dann trieb das Boot vor zwei Tagen kieloben im See. Peter lag ertrunken in der von innen verschlossenen Kabine.

Vater zog an seiner Pfeife, hustete.

Wie war das Wetter auf dem See? Ich sah ihn an.

Du meinst, als das Boot kenterte?, fragte Vater zurück.

Ja, als das Boot kenterte.

Regnerisch, trübe, kaum Wind. Ich sage ja, Peter hat sich ohne Wenn und Aber aus dem Staub gemacht. Hatte er doch einen ganzen Rucksack voller alter und neuer Kalamitäten.

War Richert wohlhabend, wollte ich wissen, oder gar reich?

Was solle denn nun diese Frage auf einmal? Welchen Nexus ich da herstellen wolle?

Sag es mir, Vater, mahnte ich die Antwort an, legte meine Hand leicht auf seinen Arm, was er gar nicht mochte, wie ich wusste, also würde er umgehend meinem Wunsch entsprechen.

Alle Anzeichen sprachen immer dafür, dass Peter reich war.

Seit Jahren hatte er ziemlichen Ärger mit den Steuerbehörden. Anwälte gingen in seinem Appartement ein und aus. Er war richtig stolz auf seinen Privatkrieg, wie er diese permanente Auseinandersetzung nannte.

Die Cautio-Versicherung ist dir sicher ein Begriff, Vater?

Er räusperte seine Zustimmung.

Hast du von einem Charon-Fonds gehört?

Sein Kopf zuckte zu mir herum. In seinen Augen flackerte plötzlich Wut.

Hoffentlich habe er von diesen Fonds noch nicht gehört, wiegelte ich zunächst einmal ab.

In seinen Augen las ich Unsicherheit, der eben noch böse Blick war verschwunden.

Einigermaßen kleinlaut fragte er nach, was mit dem Fonds sei?

Noch könne ich nichts Konkretes sagen, ich fürchte jedoch, der Fonds stinke gewaltig zum Himmel.

Er senkte den Kopf, hielt die Pfeife in der Hand, murmelte vor sich hin, so dass ich die Worte beinahe erraten musste, mit denen er beichtete, vor einigen Wochen einen Vertrag abgeschlossen zu haben.

Es wäre sicherlich keine schlechte Idee gewesen, Vater, vorher mit mir darüber zu sprechen.

Wie alt er denn sei, brauste er auf. Ich solle ihn gefälligst nicht wie ein Kind behandeln.

Ich beugte mich nahe an ihn heran, sah ihm in die Augen. Genau da liegt der Hund begraben, sagte ich. Gerade dein Alter ist die Drohung, das Damoklesschwert, das über allen schwebt, die den Fonds gezeichnet haben.

Er erschrak. Ich merkte es. Sofort, wie ein Reflex, kam seine Reaktion, er wurde nämlich bockig.

Du kommst einfach her, schimpfte er, störst mich, gibst mir den Gaukler, na, na, Junge.

Ich akzeptierte in diesem Moment sein absichtliches Foulspiel, wollte nicht, dass er völlig die Zugbrücke runterließ.

Hatte Richert auch einen Charon-Vertrag unterschrieben, fragte ich ganz ruhig.

Vater starrte mich verblüfft an. Gewiss, Peter war ein Fuchs. Schon Wochen vor mir hatte er den Vertrag geschlossen. Hoher Betrag, ganz Schlitzohr, das er war. Und danach hatte er im Haus bei jeder Gelegenheit Reklame dafür gemacht, seinem Beispiel zu folgen.

Und genau diesem Rat sei er dann auch gefolgt, ja?

Leider sei er nicht so betucht, wie Peter es war, bedauerte er, blies Rauchwölkchen von sich, hustete ihnen nach.

18

In diesen Tagen ist mir nur eines klar, kristallklar: Ich muss handeln. Keineswegs ersichtlich ist mir allerdings, wie ich das anstellen soll, sehe noch keinen Weg vor mir. Meine grauen Zellen suchen intensiv, rund um die Uhr quasi, nach dem angemessenen Vorgehen, um den Nagel auch sicher auf den Kopf zu treffen.

Meine Recherche hat den toten Punkt erreicht, verharrt bewegungslos vor einer unsichtbaren Mauer. Von dieser Seite her brauche ich mir, wenigstens im Moment, nichts weiter zu versprechen. Ich bin mit meinem Latein, zumindest vorläufig, am Ende. Das ist nun mal Tatsache. Es ist nicht mein Unvermögen, nein, das ist es sicher nicht, ich habe getan, was mir möglich war, dennoch steckt ein ständig bohrender, blutender Stachel in meinem Stolz.

Mich mit meinem Theaterprojekt zu beschäftigen, erscheint mir schon bei dem Gedanken fast obszön. Bin auch gar nicht ausgeglichen genug im Kopf dafür. Ebenso vermag ich mich auf Fontanes *Wanderungen*, die ich lese, nicht zu konzentrieren, so wie es der Text verdient. Stundenlang, auch mehrere Tage hintereinander, mich um meine Rosen zu kümmern, sind ebenfalls Grenzen gesetzt, denn da murrt mein Rücken beleidigt. Wo ist meine innere Ruhe hin? Fühle mich fast wie ein nervöses Rennpferd vor dem Start.

Nur, wohin soll es gehen?

Während meine grauen Zellen im Hintergrund auf Hochtouren arbeiten, suche ich mir einen der angenehmsten Orte, um die Zeit zu verbringen, nämlich die Sofaecke in Magdalenas Nähe. Immer mal spreche ich laut vor mich hin, wenn sich zu viel in meinem Arbeitsspeicher unter der Schädeldecke angesammelt hat, addiere nur zu gerne die klugen Bemerkungen der schönen Frau hinzu.

An einem sonnigen, noch kühlen Morgen wartet Korbinian im Hof hinter seinem Atelier auf mich, wo sein kleiner Traktor mit Anhänger zur Abfahrt bereitsteht.

Er fragt, ob ich mitkommen wolle.

Eigentlich hatte ich mir gedacht, bei ihm stumm irgendwo im Atelier zu hocken und ihm bei der Arbeit zuzusehen.

In den Wald, Korbinian?

Gestern hat er draußen eine Wildkirsche geschlagen, deren Holz er für eine neue Arbeit braucht.

Also sind wir beide wieder einmal auf dem Traktor unterwegs, fahren zur Höhe, am Turm vorüber, verlassen den Wald, bleiben auf halber Höhe, haben weiter drüben immer den See vor uns, vor dem Horizont die noch verschneite Bergkette. Auf einem Wiesenweg, manchmal kaum als solcher zu erkennen, rumpeln wir auf einen lichten Waldrand zu. Korbinian deutet. Ich sehe den astlosen Stamm noch nahe der Bäume im Gras liegen. Als wir herankommen, erkenne ich, dass der Stamm in zwei Hälften zersägt ist. Für einen Mann sind die Stücke zu schwer. Korbinian braucht mich, um anzupacken. Gemeinsam wuchten wir die Teile, die der Freund demnächst zu Kunstwerken veredeln wird, auf den Anhänger. Was für ein schönes, rötliches Holz die Wildkirsche hat, ist mir neu. Korbinian sagt, mit der Zeit wird das Rot noch dunkler, intensiver, was er bei der Planung seiner Arbeit mit bedacht hat, denn die Wirkung der Farbe sei schon erheblich.

Die Sonne bescheint ein kleines Paradies, das ich nicht müde werde, mit hungrigen Augen aufzusaugen.

Ich sitze auf meiner Terrasse, ein Glas sehr guten Rotwein von meinem Gut vor mir auf dem Tisch und habe alle Zeit der Welt. Solange meine grauen Zellen auf einer anderen Ebene tätig sind, hat es wirklich keine Eile, Rainers Dokumente, die ebenfalls vor mir liegen, noch einmal genau zu durchforsten, um vielleicht doch einen neuen Ansatz für meine Suche nach den Hintergründen des Charon-Fonds zu finden.

Der gordische Knoten baumelt mir als lockende Fata Morgana vor Augen, doch gleichzeitig unerreichbar fern. Die Chance, ihn zu finden, ihn durchtrennen zu können, daran arbeitet mein Unterbewusstsein.

Ich rufe Werner Brandscheid an, versuche, ihn für einen Tag, vielleicht auch nur für Stunden, von seinem Schreibtisch hierher an den See zu locken, zu einem guten Essen, seiner größten Schwäche, im »Seehaus«.

Führe mich nicht in Versuchung, Leo.

Sitzt er sich nicht einen runden Hintern auf seinem Spielbrett des internationalen Monopolys, dann fühlt er sich einfach nicht wohl.

»Seehaus« geht in Ordnung, sagt er, er meine aber das am Kleinhesseloher See im Englischen Garten. Einverstanden, Leo?

Auch gut, denke ich, dann kann ich anschließend Jörg, meinen Ziehsohn, treffen. Seine Firma »Miracle-Design«, er ist Art-Director und Teilhaber, hat sich erfolgreich auf dem Accessoire-Markt etabliert. Sein neuer kaufmännischer Partner – dem Vorgänger habe ich dazu verholfen, auf dem Chiemsee mit seinem Boot in die Ewigkeit zu segeln – versteht sein Geschäft. Die beiden jungen Männer ergänzen sich, bilden ein gutes Team. Um meine Einlage brauche ich mir keine ernsthaften Gedanken mehr zu machen.

Ohne jede Eile blättere ich den Papierstoß vor mir durch, eigentlich ist es eine starke Sammlung vager Vermutungen. Wirkliche, kernige Fakten, mit denen etwas anzufangen wäre, sind weitgehend Fehlanzeige. Allerdings ist es die Bündelung krauser Mutmaßungen, die eine neblige, unheimliche Drohung aussenden.

Ich habe mir ein weiteres Glas Wein geholt, lasse die Papiere vor mir liegen, lehne mich zurück, schmecke dem guten Wein nach.

Und denke an meinen Vater.

Plötzlich hat er sich in meine Gedanken gedrängt. Er ist in Gefahr, keine Frage. Nur, wie ernst ist diese nicht greifbare Bedrohung? Das ist nämlich die wichtigste Frage, die offen ist, nach welcher perfiden Bewertung die Fondskunden final von der Liste gestrichen werden? Nach der Höhe der investierten Summe? Je mehr, desto eher kommt der Besuch des Todesengels? Demnach wäre mein Vater nicht akut gefährdet, stände nicht weit oben auf dieser imaginären Aufstellung, denn er verfügt über keine nennenswerten Beträge. Aber diese Überlegungen und Folgerungen sind mir reichlich unsicher, da nicht bewiesen.

Ich schaue in die Weite und auf einmal macht es Klick, die Synapsen haben so angedockt, dass sie mir die Meldung machen können: Wir haben eine Möglichkeit gefunden.

Ich lasse den Vorschlag meines Unterbewusstseins auf mich einwirken, gebe mir Zeit für einen Prüflauf, nicke mir dann quasi selbst zu, wundere mich allerdings, weshalb es für diese Idee so lange gebraucht hat.

Ich gehe ins Haus, setze mich in die Bibliothek, schreibe Monsieur Dupont von der »Polynesischen Bank« in Papeete eine Mail.

Im zwischen uns vereinbarten Code bitte ich ihn, Wolf Vöst mitzuteilen, ich bräuchte ihn für eine gewisse Zeit in München, dringend. Anschließend könne Wolf gerne in die Südsee zurückkehren. Baldige Rückmeldung erbeten.

19

Ich stand neben der Auffahrt, als die Limousine an mir vorüberrollte. Durch die getönten Scheiben vermochte ich nicht zu erkennen, ob mich die beiden Insassen im Fond überhaupt wahrnahmen. Ich winkte dennoch.

Mein Vater und seine Freifrau befanden sich auf dem Weg ins italienische Piemont.

Ich sah hinauf in das helle Blau eines klaren bayerischen Himmels, atmete durch, selbst von dieser spontanen Reaktion ein wenig überrascht.

Noch am Vormittag dieses Tages hatte ich einen Termin mit dem Kaufmännischen Direktor der »Residenz über dem See«. Meine Absicht war, ihm auf den Zahn zu fühlen, ob oder wie weit er in das Charon-Komplott involviert war. Da ich die elitären finanziellen Ansprüche des Hauses an meinen Vater regelte, machte es keine Mühe, den mir genehmen Termin unmittelbar zu erhalten.

Bevor ich hinüber nach Starnberg fuhr, telefonierte ich länger mit Immanuel di Lasso in Omegna.

Während des Gesprächs stand ich am Fenster des Salons, schaute zum See hinunter, erfreute meine Augen an diesem Meisterwerk eines begnadeten Landschaftsmalers, fühlte tatsächlich so etwas wie Dankbarkeit für mein kleines Elysium.

Ohne auch nur erkennbar zu zögern, hatte di Lasso mir, nachdem ich ihm geschildert hatte, um was es ging, ein überaus großzügiges Angebot gemacht. Ob ich es annehmen würde, hing von zwei Männern ab, nämlich dem Direktor der »Residenz« und meinem störrischen Vater.

Die Dame im Vorzimmer des Direktors begleitete mich zum Büro von Dr. Schulte. Der kleine, rundliche Mann stand mit dem Rücken zum Fenster, kam mir lächelnd mit ausgestreckter Hand entgegen. Er begrüßte mich mit freundlichen Worten, bot mir einen weißen Sessel vor einem der raumhohen Fenster mit Blick zum Park und den See an.

Auch ich war freundlich, sparte nicht mit reichlich lächeln, dankte ihm, dass er so schnell Zeit für mich habe.

Er winkte locker ab, das sei selbstverständlich. Was dürfe er mir anbieten? Kaffee? Tee? Wasser? Einen Saft?

Kaffee, bitte.

Er schaute zu seiner Vorzimmerdame, nickte ihr zu und sie verließ das Büro.

Da ich nicht allzu viel Zeit in dieses Gespräch zu investieren gedachte, nicht zu weit um den heißen Brei kreisen wollte, sprach ich, kaum hatten wir Platz genommen, uns kurz über das Wetter und die Aussicht ausgetauscht, direkt den wunden Punkt an.

Statistik, Herr Schulte: War die Sterberate in Ihrem Haus in den letzten Monaten normal oder lag sie über dem Schnitt?

Mit einem solchen Einstieg hatte der gute Dr. Schulte wirklich nicht gerechnet. Er sah mich verdutzt an.

Die Dame aus dem Vorzimmer betrat das Büro, nein, sie platzte herein, was mir wenig gefiel, trug auf einem Tablett Kaffee und Tee, servierte auf dem runden Tisch seitlich unserer Sessel, wir schwiegen, sahen ihr zu, bis sie wieder hinausging.

Inzwischen hatte Dr. Schulte natürlich reiflich Zeit, sich eine genehme Antwort zurechtzulegen. Mit leicht zur Seite geneigtem Kopf meinte er mehr als ausweichend, die Zahlen seien nie konstant, schwankten immer, gewährten also jeder Interpretation reichlich Raum.

Ich bat ihn lächelnd, sich nicht hinter der Statistik zu verstecken, deren Gesetzmäßigkeiten mir sehr gut geläufig seien. Ich bitte um eine klare Aussage, seien die Zahlen gestiegen oder nicht?

Der rundliche Mann war geistig beweglich, schlug eine andere Taktik ein, zeigte mir auf einmal ein nachdenkliches Gesicht.

Leider habe er die Zahlen nicht im Kopf, bedauerte er. Da ihm nichts aufgefallen sei, seien sie wohl im gewohnten Rahmen geblieben.

Wusste ich doch nur zu gut, wie mein intensives Lächeln ein

Gegenüber zu verunsichern vermochte, war es für mich leicht zu erraten, dass Dr. Schulte sich fragte, was ich wirklich von ihm wollte. Ohne dass er nachforschen musste, sagte ich es ihm, stellte die entscheidende Frage: Könne er mir für die Sicherheit meines Vaters garantieren?

Sein Blick wandte sich dem Fenster zu, er überlegte, was dahinter stecken mochte, spürte den doppelten Boden.

Sicherheit vor was, Herr Petermann? Von irgendwoher flog ihm eine Formel zu, mit der er mich ruhigzustellen hoffte. Wie für jeden einzelnen unserer Residenten, stehen wir auch für Ihren Herrn Vater in der Verantwortung.

Ein wirklich sehr schöner Satz, wie aus dem Hochglanzprospekt des Hauses, dachte ich.

Er solle mir glauben, setzte ich entgegen, dass ich genau zwischen richtigen und falschen Worten zu unterscheiden vermöge.

Ich sah ihm an, wie ihm die Situation zusetzte. Er wurde sichtbar nervös.

Sie, Herr Schulte, sprechen von Verantwortung, ich dagegen von Sicherheit. Ich möchte ganz entschieden verhindern, dass Sie mir in naher Zukunft mitteilen müssen, mein Vater sei völlig überraschend verstorben.

Sein Erschrecken wirkte tatsächlich echt. Hatte er endlich verstanden, wusste, warum ich bei ihm saß? Nicht meine Worte waren für ihn die Drohung, ich war die Drohung. Dennoch suchte er weiter in Floskeln seinen Ausweg.

Mein Vater, erklärte er, sei ein rüstiger Herr, soweit er unterrichtet sei, ohne ernste Beschwerden, befinde sich jedoch in einem Alter, in dem ein Ableben, Gott möge es verhüten, nicht per se ungewöhnlich sei.

Da habe er nun haargenau den heiklen Punkt erkannt. Um mit ihm darüber zu sprechen, sei ich gekommen.

Er starrte mich an, seinen Kopf leicht nach vorne gereckt.

Ich bin ehrlich beunruhigt, Herr Petermann. Was ist das für eine idée fixe?

Ich schüttelte den Kopf, beugte mich ebenfalls nach vorne. Unsere Gesichter waren nur noch zwei Handbreit voneinander entfernt. Er wagte nicht, einen größeren Abstand herzustellen. Am liebsten hätte er sich in Luft aufgelöst, da bin ich sicher.

Was kann ich dazu beitragen, Herr Schulte, meinen Vater zu schützen?

Der Direktor zeigte mir eine skeptische Miene. Alle Mitarbeiter der Residenz seien Hüter der Residenten, sähen sie als Schutzbefohlene, so es in ihrer Macht stehe. Ein darüber hinausgehender, spezieller Schutz sei nicht möglich, sei nicht in der Satzung vorgesehen.

Meine innere Stimme riet mir davon ab, die Charon-Verträge direkt zum Thema zu machen. Fast schien es mir, als hätte Dr. Schulte keine Ahnung von ihnen. Zweifellos saß mir aber auch kein Verbündeter gegenüber. Das Gespräch, dieses Luftgerede, fortzuführen, machte wenig, eigentlich keinen Sinn.

Ich erhob mich, reichte ihm lächelnd meine Hand, dankte für den Kaffee, von dem ich nur zwei Schluck getrunken hatte.

Dr. Schulte hielt seine Teetasse in der Hand, als ich von der Tür aus, zu der er mich nicht begleitet hatte, zu ihm zurückschaute, sich unsere Blicke trafen, und ich meinte, da er sich in diesem Moment nicht tarnte, Verschlagenheit zu wittern.

In der Eingangshalle ließ ich mich mit Freifrau von Stetten verbinden, verabredete mich mit ihr auf der Gartenterrasse. Ich ging hinaus, setze mich in einen Korbstuhl, nachdem ich einen zweiten mir gegenüber zurechtgerückt hatte, machte es mir bequem und wartete.

Ich wollte mit der Freifrau über einen Vorschlag sprechen, den ich telefonisch mit di Lasso vorbereitet hatte. Da ich ja nur zu genau wusste, dass mein Vater sturer als eine ganze Herde Esel sein konnte, ich den Einfluss der adligen Dame auf ihn hoch einschätzte, wählte ich diesen Weg, um meinen Vater in einen sicheren Hafen zu lotsen.

Die Dame hatte Humor, war sehr intelligent, erfasste ohne viele Worte, auf was ich abzielte, versprach mir lächelnd den Erfolg im Voraus.

In der Tat benötigte sie nur wenige Minuten, um ihren Galan, den emeritierten Professor Dr. Dr. hc. Richard Petermann zu einem spontanen Urlaub zu überreden.

Während das Paar seine Koffer packte, rief ich bei »Pythagoras« an. Keine Stunde später fuhr die Limousine vor.

Im Schlösschen von Immanuel di Lasso am Lago d'Orta würde das Paar sicher sein, so lange, bis der Sturm vorübergezogen war.

Während ich dem Wagen nachblickte, bis er außer Sicht kam, dachte ich an Wolf Vöst, der noch immer kein Signal von Tahiti gesendet hatte.

20

Das schmiedeeiserne Tor zum Park steht weit offen. Mit Schrittgeschwindigkeit fahre ich auf der Privatstraße zum Schloss Blauberg.

Was hat der alte Herr wieder einmal ausgeknobelt? Vor einer guten Stunde hat er mich angerufen, mich gebeten, was bei ihm mehr einer verbalen Nötigung gleich kommt, ihn umgehend zu besuchen, er habe nämlich mit mir eine mögliche, so interessante wie ungewöhnliche Investition durchzukauen. Geht es um Finanzielles, auch im weiteren Sinn, hat der ehemalige Banker noch immer eine gute Nase, seine Empfehlungen sind es allemal wert, darüber zu sprechen, sie sich zumindest durch den Kopf gehen zu lassen.

Es ist ein sonniger, wenn auch noch nicht ein wirklich warmer Tag, dessen Vormittagsstunden ich in meinem Rosengarten zubrachte, so lange, bis mich mein Rücken an mein Alter erinnerte. Als ich einen abschließenden Blick über die Rabatte warf, zeigte sich mir ein erfreuliches Bild.

Seitlich der Freitreppe, hinter dem Rondell, unter den weiten Ästen einer alten Buche, parke ich meinen Wagen, gehe hinüber, steige die Steinstufen empor und vor mir wird von unsichtbarer Hand die Tür geöffnet. Der Hausdiener tritt vor, nickt mir würdevoll, doch stumm zu, lässt mich eintreten. Ich folge ihm in dieses bewohnte Museum hinein, die Ahnengalerie hinunter bis zur Bibliothek. Klaviermusik schwebt mir entgegen. Chopin. Der Baron spielt seinen Lieblingskomponisten. Vor der mit Schnitzereien verzierten, dunklen, hohen Tür bleibt der Hausdiener stehen, hält sie mir mit eingeübter Grandezza auf, und ich trete ein, sehe den Baron am Flügel mit geschlossenen Augen spielen, lasse mich vor einem der Fenster in einem eleganten Chippendale-Sessel nieder, lausche der Musik.

Meine Gedanken gehen auf den Tönen spazieren. Es ist ein Augenblick einer Feder gleich, so leicht, so unbeschwert, ohne jeden Gedanken an Drohung aus einem Hinterhalt.

Ohne musikalische Ankündigung nimmt Eugen von Blauberg seine langen Finger von den Tasten, schaut zu mir herüber, verzieht sein runzliges Gesicht zu einem Lächeln der Begrüßung.

Ich lächle zurück, erhebe mich.

Wir reichen uns die Hände, er hält die meine einen Moment lang fest, nennt mich lieber Freund und dankt für mein promptes Erscheinen.

Nach nur einer kurzen Weile sind wir auf dem breiten Kiesweg des Schlossparks unterwegs, voraus sehen wir die Tennisplätze. Die Sonne wärmt unsere Rückseite.

Ganz sachte, quasi auf Samtpfötchen, nähert sich der Baron seinem Thema. Er plaudert zunächst einmal zwanglos über Wasser, wie wichtig, überlebenswichtig das Nass zu jeder Zeit für das Leben auf unserem Planeten sei.

Ich schmunzle heimlich über seine sprudelnden Worte. Auf was will er hinaus? Noch vermag ich es nicht zu erraten.

Sei es denn nicht so, dass es in Teilen der Welt immer wieder zu gewalttätigen Auseinandersetzungen komme, fragt er rhetorisch. Würde nicht schon über zukünftige Kriege um Wasserrechte spekuliert? Solle das Wasser in der Hand der Gemeinschaft bleiben oder nach den Gesetzen des Marktes vertrieben werden?

Was treibt den alten Fuchs so um? Sicher nicht soziale Bedenken. Was ist so heikel, dass es den Baron so um den heißen Brei reden lässt?

Wir bleiben vor den hohen Zäunen der Tennisplätze stehen. Zwei junge Frauen spielen. Sind wohl Trabanten von Sophie, der exzentrischen Tochter des Hauses.

Die Plätze liegen hinter uns, nur das dumpfe Aufschlagen der Bälle begleitet uns noch ein Stück weit hin.

Von Blauberg kommt auf sein Thema.

Drüben im Steinernen Tal ist vor einigen Tagen eine Bohrung nach Wasser erfolgreich gewesen. Erste Laborergebnisse bescheinigen eine sehr gute bis hervorragende Qualität. Der Bürgermeister von Steinkirchen sei durch den Park, also durch die Hintertür, zu ihm geschlichen, um ja nicht gesehen zu werden. Was er dann, als politisches Naturtalent, mit viel Tamtam vor ihm ausbreitete, zielte allein darauf ab, dass es für den Ort Sterntaler regnen möge, eine Aussicht, die ihn ganz verrückt machte. Für die Versorgung der Bevölkerung sei das neuentdeckte Reservoir in naher Zukunft nicht dringlich. Der Mann hatte sich informiert, wusste Bescheid, gab zu bedenken: Um das Prädikat Mineralwasser zu erhalten, müsse es vor Ort abgefüllt werden. Vermarkte man es als normales Wasser, könne es von jeder Anlage im Umkreis abgefüllt werden.

Der Baron unterbricht seinen Vortrag, bleibt stehen, wendet sich mir zu, seine Augen sehen mich fragend an. Er wartet auf einen Kommentar. Ich lächle ihn an, weiß, auf was er hinauswill. Aber ich möchte es von ihm hören.

Der Haken, Herr Baron?

Es müsse erst einmal überprüft werden, wie ergiebig die Quelle überhaupt sei, was zwangsläufig Geld koste.

Das Steinkirchen nicht hat, richtig?

Die kleinen klugen Äugelein zwinkern mir zu.

Sind Sie dabei, Doktor Petermann?

Er erhält mein schönstes Lächeln und die Antwort, er habe einen erheblichen Denkvorsprung, könne von mir hier und jetzt nicht wirklich erwarten, dass ich einfach so ins kalte Wasser hineinspringe.

Das alte Schlitzohr grinst mich an. Er habe vom Bürgermeister eine vorläufige Kostenrechnung erbeten, auf die warte er noch, wolle bis dahin allerdings die Möglichkeiten ausloten.

Auf dem Rückweg, schweigend die Sonne im Gesicht, lassen wir uns Zeit.

Der Tennisplatz liegt jetzt verlassen.

Ich frage von Blauberg, welches Szenario er sich vorstellen könne.

Edles Wasser aus blitzsauberer Natur mit blühenden Wiesen für handverlesene, feine Restaurants, Cafés, Bars oder Clubs. Ein lockender, ins Ohr gehender, ins Auge springender Name für die Werbung sowie die vornehme Wasserkarte, ein bemerkenswertes Flaschendesign, auch ungewöhnliche Etikettengestaltung. So werde dieses Wasser zu einem unbedingten Muss einer abgehobenen Clique, für die der Preis überhaupt keine Rolle spiele.

Seine fantasievolle Vorstellung eines Edelwassers, offenbar im Kopf schon weit gediehen, gefällt mir. Er erwartet keine schnelle Antwort, was mir ebenfalls gefällt. Er hat mir auf diesem Spaziergang mitgeteilt, was seiner Meinung nach gesagt werden muss. Jetzt hat er mir den Ball zugespielt, mit der angedeuteten Forderung, Farbe zu bekennen, demnächst.

Meinen Besuch lassen wir bei einem Gläschen Wein und einem interessanten Gespräch über ein Thema seiner privaten Geschichtsforschung gemütlich in der Bibliothek ausklingen.

21

Mit dicken Fingern strich er sich durch die spärlichen, rötlichen Haare.

Sehen Sie es mal von einer ganz anderen Warte aus, Herr Doktor Petermann, sagte er, Politik ist von jeher eine Form von geistiger Krankheit.

Charles Gress' wässrige, helle Augen schwammen unstet. Ich kommentierte nicht das, was Hochwürden Demme mal Zunge des Geredes nannte, sah ihn nur an, was Gress nicht davon abhielt, weiter seine Weisheiten kundzutun.

Sind damit nicht alle Auswüchse unseres Geschäfts und damit auch seine möglichen Geheimnisse erklärt? Volksvertreter, die alleine die Interessen ihrer Partei im Auge haben, sich als Handlanger der Wirtschaft verdingen, sich als Lobbyisten prostituieren? Es ist die alltägliche Begegnung mit dem banalen Bösen.

Gress war ein Schwätzer vor dem Herrn. Zu gerne hörte er sich reden, berauschte sich an seinen verbalen Kaskaden, die selbst ihm eigentlich längst hohl klingen mussten. Wüssten seine Wähler von seinem traurigen Zynismus, sie würden wohl keine Kreuzchen mehr hinter seinem Namen machen.

Tragen wir nicht alle Himmel und Hölle in uns? Sind wir nicht alle nur zu empfänglich, versucht man uns zu verführen?

Mir kam wieder in den Sinn, was mir mal vor einiger Zeit ein Münchner Journalist so alles über Charles Gress erzählt hatte. Gress war besonders empfänglich für junges Gemüse, war schon einige Male ganz knapp an Ermittlungen der Staatsanwaltschaft vorbeigeschrammt. Juristisch geschult, hatte er immer wieder im letzten Moment den Kopf aus der Schlinge ziehen können. In Berlin ist der Ehrenmann hinter den Kulissen wahrlich kein Niemand, eher schon eine graue Eminenz. Ist ein wichtiges Mitglied des Finanzausschusses des Bundestages. Heute entscheidet er mit über Milliarden. Angefangen hat er als Kassenwart der Feuerwehr in seinem Stadtteil und beim Ortsverein seiner Partei. Sein

Aufstieg ging schnell und auf seinem Weg gibt es einige verwischte Stellen, die oft, nicht immer, Mädchennamen tragen.

Das Volk bekommt ja gar nicht mehr mit, was so gespielt wird, setzte Gress munter plaudernd seinen flachen Weg fort, sein leicht zu durchschauendes Zeitspiel als Politphilosoph. Alles vollzieht sich hinter einem glitzernden Vorhang, vor dem bunte Clowns zur Ablenkung herumspringen. Unbemerkt vom Publikum kann so die Freiheit munter mit Gesetzen eingemauert werden.

Vor Jahren hatte ich Charles Gress in Berlin kennengelernt, es war in den späten 90er Jahren, als ich vor einem Untersuchungsausschuss des Bundestages als Gutachter zum Datenschutz mein Statement abgab. Er fiel mir durch seine intelligente Fragestellung auf, die den geübten Juristen nicht verleugnen konnte. Ich verlor ihn nicht aus den Augen. Zwei- oder dreimal konnte er »Pythagoras« hilfreich im Dschungel von Berlin den Weg bereiten. Gress war ein Widerspruch auf zwei Beinen, als Politiker erschien er ungewöhnlich gradlinig, fast schon vertrauenswürdig, als Privatmann das genaue Gegenteil, war mit dem Wort Hallodri noch sehr geschmeichelt.

Gress erzählte, er habe erst neulich einen Kollegen aus der Fraktion gefragt, was er zu dieser Flut von Gesetzen sage und die erstaunliche Antwort erhalten, darüber zu grübeln, stünde ihm nicht zu. Habe er Angst, konterte Gress die ihm so dumm erscheinende Abfuhr des anderen, vor der Erkenntnis, dass Staaten unmittelbar vor ihrem Niedergang den Alltag mit Gesetzen pflasterten? Er solle keinen Unsinn von sich geben, der Parteilinie zu folgen, sei seine Aufgabe. Erhitzt gab Gress zurück, ob der werte Herr Kollege ihm sagen könne, wessen Feder die Gesetzentwürfe wirklich schreibe? Der gar nicht mal unbekannte Kollege, ein strammer Parteisoldat, hatte ihn mit strengen Lippen angesehen, den Kopf geschüttelt und war in den Weiten des Parlaments verschwunden.

Gress' verschwommene Augen heischten nach dem winzigsten Zeichen meiner Zustimmung. Sein Mund stand nicht still.

Habe nicht der alte Conny damals das schöne Märchen vom Rechtsstaat sehr stabil in das Unterbewusstsein der Deutschen betoniert?

Jetzt brachte er es aber ganz dick, war schon dabei, fast schon zwanghaft, mir seine gesammelten politischen Aphorismen vorzustellen. Was der ehrbare Abgeordnete Karl Gress, genannt Charles, im Fokus der Öffentlichkeit vorführte, den Menschen bei Wahlkampfauftritten oder oft vor beinahe leerem Bundestag in die TV-Kameras mit seinem bayrischen Zungenschlag extemporierte, interessierte mich überhaupt nicht, darauf kam es mir jetzt auch gar nicht an. Ich wusste von seinen dunklen Seiten, kannte seinen manchmal abartigen Charakter. Dennoch, Charles Gress war für mich genau in dieser Situation der richtige Mann.

Stellen Sie sich vor, Herr Doktor Petermann, perlte es von seinen Lippen.

Ich gab für einen Moment meinem Mund einen festen Zug, winkte etwas schroff ab, sein Sermon langte mir, er hatte seinen Auslauf gehabt.

Gress hielt augenblicklich seinen Mund, seine Augen beschäftigten sich nicht länger, leicht verdreht, mit imaginären Bildern irgendwo jenseits meiner Schulter. Sie sahen mich auf einmal aufmerksam an. Ich sagte ja schon, Gress war intelligent, ihm war klar, dass er nun mir zuhören musste. Die Macht der Rede war nicht mehr auf seiner Seite, es war an mir, meinen Wortteppich vor ihm auszubreiten.

Ich programmierte Charles Gress.

Ab dieser Stunde hatte er die wichtige Aufgabe, in Berlin Antworten auf meine Fragen zu finden, wenn nicht danach zu graben. Taschenspielertricks zählten da überhaupt nicht. Ihm war bewusst, ein falsches Spiel, das ich ihm eigentlich nicht zutraute, bedeutete unweigerlich das Ende seiner politischen Laufbahn. Das Risiko war ihm zu hoch, war er doch seit langem von der Droge Politik abhängig. Ein Schwachpunkt, der den Mann korrumpierbar machte. Nicht nur durch mich. Doch das war allein mein Risiko.

22

Als ich von der Landstraße in den Wanderparkplatz einbiege, sehe ich gerade noch die Allee und den Eingangsbogen des Klosters aus dem schmalen rechteckigen Bild des Rückspiegels verschwinden.

Neben zwei anderen Wagen stelle ich meinen ab und nehme geradeaus den ansteigenden Weg in den Wald hinauf. Mein Ziel ist die Höhe über Steinkirchen. Dort oben auf dem Plateau, das wie ein kahler Schädel an drei Seiten von einem Waldkranz gerahmt ist, wird das Windrad gebaut, dessen mächtiger, grauer Turm bereits in diesem Stadium ein neuer Blickfang der Umgebung auf den Hügeln über dem See ist, kein neues, ein abgeändertes Bild am gewohnten Horizont. Auch ich möchte mir die Baustelle wieder einmal aus der Nähe ansehen. Im Ort werde ich hier und da darauf angesprochen. Die Meinungen sind nicht alle Pro. Ich halte mich bei diesem Thema zurück, schlage mich auf keine Seite. Von meinem Haus aus wird das Windrad nicht zu sehen sein. Magdalena sieht den Turm schon jetzt.

Im Morgengrauen stand ich barfuß auf der Terrasse. Ein frischer Wind trieb graue Wolken wie Schafe über den Himmel. Ich schaute zum dunklen Bootshaus im heller erscheinenden Schilfgürtel hinüber, das zum Refugium meines Segelbootes werden sollte. Es war eine dieser Nächte gewesen, in der mein nicht zur Ruhe kommender Kopf mich am Durchschlafen hinderte. Ich dachte an meinen Vater und seine Dame, die sich in Omegna wohlfühlten. Und an Wolf Vöst, von dem ich noch immer nichts gehört hatte. Und dann wollten Ideensplitter zu meinem Theaterstück mitten in der Nacht notiert werden. Und zuletzt schob sich dieser mir nicht so angenehme, allerdings wichtige Gedanke nach vorne, der Gedanke an das Urnengrab, mein Urnengrab. Meine Entscheidung stand schon länger an und beschäftigte mich doch mehr, als ich es mir gedacht hatte. Ich hatte mit Hochwürden Demme über dieses Thema gesprochen. Der Kimmlinger Friedhof hat keine Urnenwand, auch kein spezielles Urnenfeld, bislang. Der Pfarrer wird mit dem Bürgermeister sprechen, der bei Fragen, die den Friedhof betreffen, ein Mitspracherecht hat. Hochwürden solle mich bitte auf dem Laufenden halten. Demme hatte mich angelächelt, ich gab ihm mit gleicher Münze zurück. Wir verstanden uns.

Der Weg wird steiler, zieht in Serpentinen den Hang aufwärts. Die Bäume stehen inzwischen schon lichter. Sonnenstrahlen fallen als silberne Lichtschneisen in den Wald. Die Höhe kann nicht mehr weit sein.

Unterwegs habe ich auch über mein Stück nachgedacht, das sich zäh gegen meine Gestaltung sträubt. Zu einer sicheren Erkenntnis bin ich inzwischen gekommen: Ein Bühnenstück ist etwas ganz anderes als eine Prosaerzählung. Bei meinen Romanen konnte ich auf meine Kenntnisse zum Thema, meine Erfahrungen mit den Hintergründen des internationalen Kunsthandels zurückgreifen, musste dem meine Fantasie beimischen. In einem Stück, das immer ein Spiel der Möglichkeiten ist, darf der Autor mit den Zeitebenen jonglieren, mit einer Reihe von Momenten würfeln, seiner Fantasie freien Lauf lassen, doch dabei muss er sich in streng vorgegebenen Schemata bewegen. Diese handwerklichen Defizite sind es, die mir im Wege stehen. Mein Mentor Fritz Dessoir unterstützt mich, weiht mich nach und nach mit viel Feingefühl in die Geheimnisse eines Theaterautors ein. Zu unseren Gesprächen treffen wir uns auch mal an der Theaterbar, trinken exzellenten Rotwein, den ich mitbringe, und Dessoir doziert mit seiner angenehmen Schauspielerstimme, fasst wie in einem Selbstgespräch zusammen, was ein Stückeschreiber wissen muss.

Nicht nur meine Augen, die herumstreifen, auch die Erinnerungen an das Buch, das neulich vor Dessoir auf der Holztheke lag, lenken mich vom Nachdenken über mein Stück ab. Ich hatte den Theaterpatron in ein Buch versunken angetroffen. Als er es zuklappte, sah ich, dass es ein Karl May-Band war. Für einige Augenblicke war ich wieder jung, befand mich im Internat, am Fenster des kleinen Turmzimmers. Ich stand neben dem Freund dieser Jahre, Kai Schilinski, der *Winnetou I* in der Hand hatte, mich zu überzeugen versuchte, es zu lesen. Was ich dann nicht tat.

Ich erreiche den Waldrand, gehe weiter zur nahen Höhe, bleibe stehen, um die Szenerie zu besehen. Vielleicht zweihundert Schritte entfernt reckt sich der steile Finger des werdenden Windrades zum blauen Himmel auf. Noch fehlt das Wichtigste, das, was den Turm zum Windrad macht, die Flügel.

Mich erstaunen die zahlreichen Besucher der Baustelle, in der zwischen farbigen Containern ein hoher Kran steht. Als ich näher herangehe, entdecke ich Daniel Holzer, den selbsternannten Heimatfilmer, mit seiner Kamera.

Drüben, hinter dem See, zum Greifen nah, stehen die Berge in ihrer Majestät, durch den starken Föhn wie herangezoomt. Am gegenüberliegenden Ufer, am Hang der Hügel, die spitzen Türme des Marien-Münsters. Davor ist der Ort von einer Bodenwelle verdeckt. Ein wunderschönes Landschaftsbild.

23

Auf dem Monitor blinkte *im Anflug* in der Zeile LH Flug 2229 von Paris. Ich lehnte sehr bequem im Lederfauteuil der VIP-Lounge der Lufthansa auf dem Münchner Flughafen, sah durch die Panoramafenster zum Vorfeld, hatte den Bildschirm und die dezente moderne Wanduhr neben der Automatiktür ständig im Blick. Der Flieger mit Wolf Vöst an Bord war pünktlich, würde jeden Moment landen.

Auf dem Acryltisch neben mir befanden sich eine *SZ* und ein Glas Wasser. In meiner Ecke war ich ungestört. Weiter drüben saßen vier Männer zusammen, von denen nicht mal ein Gemurmel bis zu mir drang. Hinter der Bar wienerte ein noch junger Mann die ganze Zeit an der Theke herum.

Die Tür glitt lautlos zur Seite und eine Hostess der Lufthansa schob eine weißhaarige Dame im Rollstuhl herein.

Ich sah mich seitlich in der metallenen Wandverkleidung wie in einem Spiegel: Ein noch recht ansehnlicher, älterer Herr entspannt in einem Sessel. Ich lächelte mir zu, wandte den Kopf und blickte wieder hinaus zum Vorfeld.

Nun, wo die Zeit in Minuten zu messen war, bis wir uns gegenüberstehen würden, kreisten meine Gedanken um Wolf. Keinen roten Heller hätte ich darauf gesetzt, ihn noch einmal zu sehen, als ich ihn sozusagen als Stellvertreter für einen Toten nach Tahiti schickte. Zu der Zeit war Wolf ein ausgebranntes Wrack gewesen, den der Teufel Alkohol wehrlos im Schwitzkasten gehalten hatte, dem ich damals bis zu seinem finalen Schluck bestenfalls noch eine knappe Frist zugestanden hatte.

Wolf ist ein Beispiel dafür, wie eben nur das Leben selbst unverhofft absonderliche Purzelbäume zu schlagen vermag.

Wie es Wolf gesundheitlich ging, wusste ich nicht bestimmt. Was ich wusste, war, dass er außerhalb von Papete lebte, irgendwo auf der Insel, sehr zurückgezogen, die Verbindung zu Monsieur Dupont war nur lose, von einem Kontakt zu sprechen, war schon übertrieben. Darum hatte es auch so lange gedauert, bis Wolf auf meine Bitte reagierte. Zunächst wartete Monsieur Dupont darauf, dass sich Wolf bei ihm meldete, was er schon über die gewohnte Zeit hinaus versäumt hatte. Schließlich entschloss sich Dupont, ihn zu suchen, da er den genauen Platz nicht kannte, fuhr mit dem Auto von Ort zu Ort, soweit es möglich war, ging dann zu Fuß von Hütte zu Hütte, nur dürftigen Hinweisen vom Wegesrand folgend. Als er ihn in einem Haus am Hang mit weitem Blick über das Meer fand, nahm sich Wolf ein paar Tage, um sich selbst zu dem Ruck zu überreden, seine Insel, wenn auch nur auf Zeit, zu verlassen. War es so? Oder saß ihm der böse Geist immer noch im Genick? Wie auch immer, er musste ins kalte Wasser springen, mir vertrauen, ausgerechnet mir, konnte nur ich alleine ihm unter vier Augen sagen, was ich mir von ihm erhoffte. Es war für ihn ein Stück weit schon ein Abenteuer.

Inzwischen blinkte *gelandet* auf dem Bildschirm. Wolf hatte vielleicht schon die Maschine verlassen. Auf sein Gepäck brauchte er nicht zu warten, man würde es zur Lounge bringen. Ich ließ die Tür nicht mehr aus den Augen, durch die er in Begleitung einer Hostess hereinkommen würde.

Wolf war die zentrale Figur in meinem Plan A, die beste denkbare Lösung, immer vorausgesetzt, er übernahm den ihm zugedachten Part. Ich hatte auch einen Plan B, natürlich. Allerdings war es in allen Belangen doch nur die zweitbeste Möglichkeit.

Dann war er da und alles war erstaunlich normal, unaufgeregt, zwei alte Freunde begegnen sich, nicht mehr, nicht weniger.

Ich ging ihm einige Schritte entgegen, er ergriff meine hingestreckte Hand, schüttelte sie.

Grüß Gott, Leo, sagte der Mann, der aus der Südsee kam.

Ich lächelte mein Erstaunen weg. Diese Begegnung war ein Déjà-vu. Das markante Gesicht mit den spöttischen Augen schien sich kaum verändert zu haben. Wolf war auf den ersten Blick ganz der Alte, schlank, durchtrainiert, schaute richtig gut aus. Offensichtlich war er nicht nur von den Toten auferstanden, sondern zudem auch dem Jungbrunnen entstiegen.

Der Funke zwischen uns sprang sofort aus der vermeintlichen Asche hoch. Wir begrüßten uns, als hätten wir uns erst vorgestern zum letzten Mal gesehen.

Er melde sich zur Stelle, sagte Wolf, sei gespannt wie ein Flitzebogen zu erfahren, weshalb ihn Leo aus seinem Garten Eden locke?

Ich nahm ihn am Arm, führte ihn zu einem Sessel, meinem gegenüber. Der Barkeeper kam lautlos heran und Wolf bat um ein Wasser.

Wasser! Wolf Vöst bestellte Wasser!

Als sei nichts, schlug er die Beine übereinander, sah mich verschmitzt an.

Ich höre, Leo.

Ich hatte mir meinen Text zurechtgelegt, war auf seine Frage natürlich vorbereitet. Hielt mich eng am Thema, sprach kompakt, konzentriert, kein Wort zu viel, so wie früher bei geschäftlichen Meetings.

Am Glitzern in Wolfs Augen erkannte ich, dass er angebissen hatte.

Plan A konnte anlaufen.

Wir fuhren nach München, zum »Bayerischen Hof«, wo Wolf, zunächst einmal, in meiner Suite wohnen würde. Hier war er unsichtbar, wie nicht existent, niemand würde ohne seine Zustimmung erfahren, dass er hier war. Diese absolute Diskretion gehörte selbstverständlich zum Servicepaket des Hotels.

Mein Gast machte sich frisch, danach aßen wir im Restaurant.

Wolf erzählte von seinem neuen Leben als Insulaner. Die erste Zeit war sehr hart gewesen, denn er musste, ganz auf sich gestellt, um überhaupt noch eine Zukunft zu haben, den Teufel Alkohol verjagen. Als er sicher war, den schweren Kampf gewonnen zu haben, kaufte er mit Unterstützung von Monsieur Dupont, der nicht einmal wusste, um was es ging, das kleine Haus am Hang mit der weißen Veranda, das er bei seinen einsamen Streifzügen entdeckt hatte, und das er sich versprochen hatte, als es ihm gar nicht gut ging. Im Nachhinein war ihm bewusst, dass es die Schönheit war, die ihn ständig umgab, die stärker war als seine lockende Todessehnsucht. Diese leuchtenden Farben, dieser wahnsinnige Prunk der Natur, diese wollüstige Pracht, ergriffen von ihm Besitz, gaben ihm den Mut zu ersten Versuchen, in Kunst zu verwandeln, was seine Augen sahen, zunächst auf Papier, später auf Leinwand. Wolf wurde zum besessenen Maler, so sehr, dass er endlich nicht mehr ständig an den Alkohol dachte. Er war jetzt einem ganz anderen Rausch verfallen, dem Farbenrausch.

Wolf ließ schon bei diesem Essen im Hotel mir gegenüber keinen Zweifel daran aufkommen, dass er in die Südsee zurückkehren würde.

Aber ab Morgen würde er auf Zeit die Palette des Künstlers mit der Tastatur eines Jägers im Cyberspace tauschen.

Für mich kam seine Wandlung einem Wunder gleich: Der Mann, den ich bereits ins Totenreich verabschiedet hatte, war sehr lebendig, gewandelt, aus einem anderen Leben zurück und nun als Gast in seiner früheren Welt.

24

Die Aktion dauerte nicht mal 24 Stunden. Dann war in einem großen Nebenraum des ehemaligen Refektoriums des Klosters in Kimmling von »Pythagoras« ein Rechenzentrum eingerichtet, das keine technischen Wünsche offenließ.

Es war ein heller Julivormittag, die Fenster zum nahen Wald hin waren geöffnet, als Wolf Vöst und sechs IT-Spezialisten, jeder von ihnen in seinem Bereich eine Koryphäe, von den Technikern in die Hardware eingewiesen wurden.

Nach einem gemeinsamen Mittagessen beim »Lindenwirt«, in dem Wolf und zwei seiner Mitarbeiter auch wohnten, den anderen war die Fahrt zu ihrem Zuhause in und um München nicht zu weit, begann ihre Arbeit.

Wolf Vöst hatte zunächst in einem Büro in der Zentrale von »Pythagoras« versucht, der Versicherungsgruppe Cautio, ganz speziell dem Charon-Fonds, auf den Zahn zu fühlen.

Nach etwa einer Woche erreichte mich sein SOS-Notruf.

Als ich ihm gegenübersaß, fiel mir auf, dass seine Haare aussahen, als raufe er sie sich alle paar Minuten.

Wolf lamentierte: Habe er sich vergeblich auf den langen Weg gemacht? Verstehe er die virtuelle Welt nicht mehr? Hätten ihn alle anderen überholt? Seien seine Defizite bereits so groß? Er renne ständig gegen eine Gummiwand, könne den blanken Hohn des unsichtbaren Gegners als Flammenschrift an der Wand lesen. Was sei da los?

Ich hörte zu. Wolf sollte sich erst einmal seinen Frust von der Seele schimpfen. Unter der Oberfläche brodelte es in ihm heftig.

Tatsache also, Wolf war an die gleiche, scheinbar undurchdringliche Wand gerannt wie ich. Das sagte ich ihm, was ihm allerdings kaum ein wenig Trost bedeutete.

Nachdem er sich beruhigt hatte, zurück auf Normaltemperatur war, analysierten wir emotionslos unsere Erkenntnisse. Kamen überein, dass da was nicht stimmte, nicht stimmen konnte. Daran gab es für uns keinen Zweifel mehr. Cautio schirmte sich nicht unnötig mit solcher Raffinesse ab. Also würden wir eben nicht mehr mit dem feinen Florett gegen den bösen Feind fechten, jetzt ging es mit der dicken Berta gegen die Wälle, ab nun keine Rücksicht mehr. Wir mussten die Panzerung von Cautio brechen.

Mit allen Mitteln.

Das Beste, was auf dem Softwaremarktplatz – dem legalen, auch dem illegalen – greifbar war, kam zum Einsatz. Forensische Software, Suchprogramme nach sich selbst erstellenden Stichwörtern, Kennwortknacker vom Feinsten, hochgezüchtete Analysesoftware, dazu wirklich heimtückische Spähprogramme und einiges Schöne mehr.

Und inzwischen hatten wir auch eine völlig neue Taktik ausgeknobelt.

Mit Hilfe solcher Voraussetzungen zapfte das Team um Wolf Vöst, der die Schlacht lenkte, jede Quelle an, die im Weg auftauchte, auch nur den geringsten Hinweis versprach. Jeder Winkel eines gigantischen Datenstroms wurde ausgelotet.

Im Netz der Datenfischer, im Sieb der Analysten blieb ein filigranes Gespinst feinster Lügen hängen, aussagekräftig nur für den, der weiß, wonach er sucht. Allerdings waren das Ausgangspunkte für die Späher auf ihrem Kriegspfad.

Im Kloster war die steigende Spannung zu spüren. Es war, als hielte sogar die Zeit die Luft an. Die Cyberkrieger meinten die Firewalls rieseln zu hören, hatten sie mürbe geschossen. Sie hatten endlich die Spur des Todes aufgenommen.

25

Wir spielen Schach auf der Terrasse, Korbinian und ich, machen unserem Gaumen Schluck für Schluck eine Freude mit einem Glas von Rainers Scotch. Meinem Künstlerfreund habe ich erzählt, wer der edle Spender war und woher der Whisky kommt.

Beide haben wir wieder mal das Glas in der Hand, da wird mein Segelboot zum Thema. Erst am Vortag war ich drüben bei Alwin Voglmeier in dessen kleiner Werft, habe den dunklen, schnittigen Holzrumpf bewundert, eine Weile mit Alwin über diese werdende Schönheit gesprochen. Für Momente projiziere ich mir das über den See gleitende Boot vor Augen. Erstaunlich: Leo Petermann träumt tatsächlich mit offenen Augen!

Du kannst es kaum erwarten, Herr Doktor, sind Korbinians Worte zu dem Phänomen.

Später, zwischen der ersten und zweiten Partie, wir stellen eben die Figuren auf, kommen wir auf das *Alte Haus* zu sprechen. Die Untersuchungen seien beendet, erfahre ich von Korbinian, und unter dem Strich sei nichts dabei herausgekommen. Hornberger Schießen. Tischlinger und Maurer haben sich geeinigt, da keiner der beiden die Waagschale hatte auf seine Seite zu zwingen vermocht. Josef bot den Frieden an, wenn Franz *freiwillig* dazu beitrage, dass Lore die Gemeindebücherei schneller, vielleicht demnächst schon, auf die Füße stellen könne.

Wer diese Lore sei, wollte ich wissen.

Lore Rebhan. Du kennst sie sicher, Herr Doktor. Rote Mähne wie ein junges Ding, runde, grüne Brille wie einst John Lennon, setzt sich seit längerem für eine Gemeindebücherei ein, wird dabei von einer Handvoll Frauen unterstützt. Hin und wieder sitzt das Damenkränzchen im Café List, sie essen Schmalz- und Wurstbrote und palavern. Sie rennt auch mit Stöcken durch die Gegend, meist von ihrer Freundin aus München begleitet.

Ja, ich habe die Frau schon gesehen, weiß, von wem er spricht.

Soll die Bücherei nicht in den Bahnhof kommen?

Korbinian lacht. Du meinst, warum geht Lore mit ihren Jüngerinnen nicht eine Tür weiter ins Wirtshaus »Lokalbahn«?

Ich lächle. Korbinian kennt mich, ein bisschen.

Wir leben in einem kleinen Ort, Herr Doktor. Lesende Frauen und trinkende Männer. Das geht nun wirklich nicht zusammen.

Ich stelle die letzte Figur auf das Brett.

Ich bin dieser Lore schon begegnet. Nicht im Café, auf dem Friedhof, bei der Grabpflege.

Eine verstorbene Tante von ihr, sagt Korbinian.

Was hat Lore früher gemacht?

Sie war Lehrerin in München. Als sie in den Ruhestand ging, kam sie nach Kimmling zurück. Lore stammt von hier. Aber mit der Ruhe ist es bei ihr nicht weit her. Die Dame hat Wespen unter ihrem weiten Rock.

Wir spielen unsere zweite Partie.

Trinken Scotch im stillen Gedenken an Rainer.

Dann geht Korbinian. Er habe noch zu arbeiten.

Ich bleibe noch eine Weile auf der Terrasse, lese in Fontanes *Wanderungen*.

Mit dem Korb und der Schere steige ich später in meinen Rosengarten hinunter, wähle nur die schönsten Exemplare aus. Den Strauß werde ich Magdalena mitnehmen, wenn ich sie am Abend abhole. Wir wollen in Seefeld zum Essen und danach ins Kino gehen. *Nachtzug nach Lissabon*. Magdalena hat den Roman gelesen.

26

An einem lauen Sommerabend fand das erste *Konzert im Kloster* statt. Das Wetter spielte mit, konnte für diesen Anlass nicht besser sein; ein tintenblauer Himmel spannte sich über den Klosterhof. Später schaute ein großer, orangeroter Mond herein. Reinster Kitsch, aber in dieser Stunde ebenso auch wahr und schön.

Auf einem grauen Kunststoffklappstuhl saß ich zwischen Magdalena und Baron von Blauberg in der zweiten Reihe.

Die *Freunde des Klosters*, allen voran der umtriebige alte Baron, hatten es möglich gemacht, den jungen Bariton Edgar Birgmann, dem eine glänzende Zukunft prophezeit wurde, für diesen Liederabend zu verpflichten.

Als das Licht im Hof erlosch, nur die Bühne von zwei Spots angestrahlt wurde, waren alle Plätze besetzt. Daran gemessen war zumindest der erste Abend der geplanten Konzertreihe ein Erfolg.

Hochwürden Demme trat aus dem Dunkeln in das Licht, blinzelte geblendet zum Publikum hin, wartete, bis das Gemurmel vor ihm langsam verstummte, sprach dann einige kurze Begrüßungsworte, gab die Bühne dem Sänger und dem Pianisten frei.

Wie mich klassische Musik, vor allem eine Oper, beim Schreiben einzustimmen vermag, so unterstützt sie mich auch beim Sinnieren. Magdalenas Hand in der meinen, gingen meine Gedanken spazieren. Nur durch zwei Klostermauern getrennt, hinter zwei dicken Holztüren, wusste ich Wolf Vöst und sein Team, wusste, dass sie mit aller Macht die Cautio-Computer zu hacken versuchten. Nur das drängende Übel des Charon-Fonds schob ich an diesem Abend von mir. Ich sah zu Demme hin, der schräg vor mir saß und mit leichtem Lächeln dem Sänger lauschte. Ich überlegte, suchte mögliche Erklärungen, ob es mehr als ein Zufall war, dass wir uns, der Pfarrer und ich, gleich dreimal an einem Tag, gestern, über den Weg gelaufen waren. Vor dem Café List begannen wir am Morgen eine eigentümliche Unterhaltung mit zwei Fortsetzungen im Friedhof und am See. Wir philosophierten frei weg, ohne Absicht, ohne auf ein Ziel hin, gaben uns kurze Antworten auf knappe Fragen. Eines der Stichwörter saß mir noch immer im Kopf. Katharsis. Wir näherten uns dem Wesentlichen von unterschiedlichen Richtungen, von sehr gegensätzlichen. Ich glaube nicht an eine innere Läuterung, erklärte ich dem Pfarrer, könne das Bedürfnis danach jedoch verstehen.

Von diesem schnellen Wortwechsel ausgehend, quasi im Vorübergehen, hatte sich eine Idee wie ein Vogel auf einem Ast meiner Fantasie niedergelassen. Konnte sie die Grundlage einer Geschäftsidee für das Kloster sein? Stille Tage der Einkehr. Auf keinen Fall war sie eine für den Abfallkorb im Kopf. Ich musste nur bei nächster Gelegenheit Hochwürden den Ball zuwerfen, er ihn auffangen, für sich Pro und Kontra sammeln.

Der Gedankensprung war nur ein winziger hin zum fast gleichen Thema. Wie in einem Blitzlicht stand der noch jüngere Mann vor meinem inneren Auge, der mir seit einigen Wochen immer wieder begegnete, was an sich in diesem kleinen Ort nichts Auffälliges ist. Nur: Er stammt nicht aus Kimmling und er sucht offensichtlich die Annäherung, allerdings sehr vorsichtig. Er schaut mich dabei so an, als vergleiche er mich mit jemandem. Bisher hat er nicht mich und ich nicht ihn angesprochen. Ich habe ihn mal mit dem Handy aufgenommen, als er mich noch nicht im Blick hatte, zeigte das Foto Korbinian, der ihn allerdings auch nicht kennt.

Die Musik verstummte. Ich schaute überrascht auf.

Pause.

Sänger und Pianist standen neben dem Flügel, dankten mit Verbeugungen und vor der Brust zusammengelegten Händen für den Applaus.

Magdalena und ich stellten uns in die Reihe vor der improvisierten Theke, um ein Glas Sekt zu holen. Der erste Teil des Konzerts hatte uns gefallen. Für mich war es die ideale Hintergrundmusik zur Begleitung meiner Gedanken, Magdalena hatte jedes Lied in sich aufgenommen.

Ich erinnerte mich an eine Stelle in der Odyssee, flüsterte sie Magdalena ins Ohr: *Ja, es ist wirklich schön, einem solchen Sänger zu lauschen, so wie dieser ist, an Stimme den Göttern vergleichbar.*

Magdalenas Augen strahlten mich an, ihre Hand drückte leicht die meine.

Was unsere Antennen an Meinungen in unmittelbarer Umgebung auffingen, war durchaus positiv, Ohrenschmaus, tolle Stimme, einer fand die Auswahl der Lieder wagemutig, eine weibliche Stimme meinte, die Lieder seien dem romantischen Ambiente angemessen, die Dekoration durch den Mond fand niemand übertrieben.

Mit unseren Gläsern in der Hand bewegten wir uns zwanglos unter den Anwesenden.

Auf einmal, wo waren sie hergekommen, standen uns Hochwürden Demme und ein graubärtiger Mann, in dem ich einen der Restauratoren des Klosters erkannte, gegenüber.

Leander Mendel, stellte der Mann sich vor.

Herr Mendel habe angefragt, ob er einen Teil des hinteren Seitenflügels mieten könne, habe angeboten, die Renovierung zu übernehmen, sie aus eigener Tasche zu finanzieren.

Demme schaute, während er sprach, wie ein erfreuter Schuljunge mit leuchtenden Augen und roten Wangen zwischen Mendel und mir hin und her.

Ein sehr guter Vorschlag, lobte ich frei heraus. Dass die beiden Seitenflügel ein für die *Freunde des Klosters* bisher ungelöstes Problem waren, da wir noch keine Idee hatten, was damit anzufangen war, sagte ich natürlich nicht.

Ich gab Mendel die Hand, lächelte ihm zu, hieß ihn, der Zeit weit vorauseilend, schon mal willkommen.

Er lachte. Gut Ding will Weile haben. Der Mann hatte nicht nur einen derben Händedruck, sondern auch einen schlagfertigen Humor.

Das Glockenzeichen rief zum zweiten Teil des Liederabends.

Es dauerte nicht lange, bis sich meine Gedanken wieder auf die Wanderschaft begaben. Ich gewährte ihnen den Auslauf, der bei dem graubärtigen Restaurator seinen Anfang nahm, mit Wolf, Korbinian und Karl May weiterging.

Am späten Vormittag hatte ich bei Wolf und seinen Leuten im Kloster vorbeigesehen, mit ihnen diskutiert, mit »Pythagoras« telefoniert, um dringende Wünsche zu avisieren.

Nach dem Essen begleitete mich Korbinian, um nach den Obstbäumen in meinem Garten zu sehen. Ich wässerte inzwischen meine Rosen.

Als wir später in der Küche stehend mit einem Glas Wasser unseren Durst löschten, konnte ich meine Frage nach Karl May loswerden. Korbinian hatte als Jugendlicher viele Bände nicht nur einmal gelesen. Jahre später, als Zweifel an seiner Berufung zum Künstler an ihm fraß, er sich das Abenteuer einfach nicht zutrauen wollte, der Zwiespalt so groß wurde, dass ihm sogar seine Träume abhandenkamen, da machten ihm Bücher von Karl May den Weg frei, ließen ihn mutig werden.

Warum ich frage?

Ich sagte es ihm.

Morgen Mittag könne ich mir einen Band aussuchen, er helfe mir gerne mit seinem Ratschlag dabei.

Die Vorstellung eines Karl May lesenden Leo Petermann war spaßig, dachte ich bei mir. Lächelte vor mich hin. Magdalena sah mich von der Seite an, strich mit dem Daumen über meinen Handrücken.

27

Gegenüber der Freitreppe von Schloss Blauberg parkte ein einzelnes Auto unter den Bäumen; hatte ein Starnberger Kennzeichen. Der Gast, wegen dem mich der Baron gerufen hatte, war also bereits eingetroffen.

Ich ließ meinen Wagen gleich neben dem anderen ausrollen.

Vor einigen Tagen erst hatte ich an einem stahlblauen Sommertag eine Radtour zum Schloss unternommen, um Eugen von Blauberg einen Überraschungsbesuch abzustatten.

Auf der Terrasse saßen wir im Schatten, waren um Gesprächsthemen nicht verlegen.

Kaum dass meinen Augen Zeit blieb, den Park vor uns abzuspazieren, kam der ehemalige Banker schon auf das Wasserprojekt im Steinernen Tal zu sprechen. Wieder einmal ging ihm das Prozedere zu zäh voran, zu umständlich alles, zu viele Hindernisse standen viel zu häufig im Weg herum. Er schimpfte, mit hochrotem Kopf, fast lamentierte er. Die Zukunft ginge ihm einfach zu langsam. So viel Zeit habe er nämlich nicht mehr.

Nachdem ich seinem momentanen Lieblingslied gelauscht hatte, rollte ich meinen Teppich aus, berichtete von den Datenkriegern im Kloster. Demnächst hoffe er auch einen Beitrag dazu leisten zu können, versprach er ziemlich vage.

Als ich ihm vor einigen Wochen zum ersten Mal ungeschminkt vom Charon-Fonds Kunde gab, erschreckte ich den alten Herrn nicht wenig. Er verlor nicht nur augenblicklich jede Farbe, sogar für Augenblicke die Contenance, atmete mehrmals hintereinander tief durch, dann schoss ihm das Blut in den Kopf, was mir ebenso wenig gefiel wie vorher seine Blässe. Mir blieb nichts übrig, als ruhig abzuwarten, bis er sich wieder gefangen hatte, seine Neugier so stark wurde, um ihn nachfragen zu lassen. Ich legte ihm ohne Abstriche alles dar, was ich wusste, hielt auch nicht mit der tödlichen Bedrohung hinter dem Berge, für diejenigen, die den Fonds in ihrem Portfolio hatten. Seiner Reaktion zufolge war meine Vermutung keine Hellseherei mehr, auch von Blauberg war der Versuchung erlegen, hatte richtig zugegriffen. So ein verlockendes Geschäft, so leicht, ohne jede Mühe, bei dieser Rendite musste der Mann mit Geld einfach zugreifen. Da der Baron beim besten Willen nicht zu den bedürftigen Menschen zu rechnen war, sich also einen richtig dicken Happen an Land gezogen hatte, war er ein heißer Kandidat für den baldigen Besuch des Todesboten.

Eugen von Blauberg war kein hilfloses Opfer, kein kleines, auf die Schlange starrendes Kaninchen, hatte Mittel, vor allem die finanziellen, sich zu wehren, nachdem ihm die Gefahr bekannt war. Für ihn war es selbstverständlich, sich sofort an meine Seite zu stellen, mir seine Unterstützung zuzusagen.

Dem Hausdiener auf dem Fuß folgend, auf dem Weg zur Bibliothek, beschäftigte ich mich mit der Frage, wer der Gast sein mochte, den mir der Hausherr präsentieren wollte. Dass er in irgendeiner Verbindung zur Bedrohung durch den Fonds stand, war für mich keine Frage.

Der Baron und sein Gast unterbrachen bei meinem Eintritt ihr Gespräch, erhoben sich.

Von Blauberg stellte vor. Ich reichte einem Moritz Stauffer die Hand, lächelte ihn offen an.

Wir nahmen Platz. Von Blauberg griff nach der Karaffe auf dem Tisch, warf mir einen fragenden Blick zu, goss, nach meinem Nicken, dunklen Traubensaft in ein schmales, hohes Glas, reichte es mir.

Doktor Petermann, Sie erlauben bitte, dass Herr Stauffer und ich unser letztes Thema noch mit einigen Worten zu Ende bringen, fragte der Baron.

Ich nickte ihnen zu, lehnte mich zurück, behielt nach einem ersten Schluck das Glas in der Hand, hörte dem Gespräch zu, das sie bei meinem Erscheinen unterbrochen hatten.

Sie sprachen Auswüchse der Globalität an, die beiden Männern nicht gefielen. Der Ton ihrer Aussage war kritisch. Globalität und Terrorismus seien Feigenblätter für wirtschaftliche Schweinereien, sagte Stauffer, schloss der Aussage einen kleinen Vortrag an. Die unternehmerische Vielfalt würde systematisch vernichtet, was alleine die ganz Großen bevorteile. Alles verklumpe zu einem grauen, unkenntlichen Matsch. Je besser das Zusammenwirken von Wirtschaft und Politik, desto skrupelloser der Erfolg der gesichtslosen Konzerne. Die gnadenlose Globalität sei der Fluch des modernen Menschen, denn der habe in der Regel gar nichts davon, auch wenn ihm das Gegenteil, gleich einer Gehirnwäsche für die Massen, in den Kopf gehämmert würde.

Es dauerte schon einige Minuten – recht interessanten, gebe ich zu –, bis sich die zwei Männer daran erinnerten, weshalb ein dritter mit in der Runde saß. Um nämlich einer Diskussion über Globalität zu lauschen, hatte mich der Baron sicher nicht zu sich gebeten.

Weshalb also?

Natürlich wegen Moritz Stauffer.

Er arbeitete für zwei Menschenrechtsorganisationen als Berater. Allerdings war er nicht deshalb, sondern *wegen* seiner Vergangenheit der Einladung gefolgt. Bis vor etwa zwei Jahren war er einer der Fonds-Manager der Cautio-Versicherung gewesen. Das unentwegte Hasten im Hamsterrad als Mitglied eines exklusiven Zirkels von hochspezialisierten Fachleuten hatte ihn zu lange vom Nachdenken darüber abgehalten, was er und seine Kollegen (sie waren tatsächlich alle Männer) so im Namen des Erfolges auf dem Altar des Gottes Mammon opferten. In einer kleinen Bar, bei einem Drink mit einem Kollegen, waren sie auf den Charon-Fonds zu sprechen gekommen, zufällig. Der Kollege wusste zweifellos mehr als Stauffer, und was er zu hören bekam, machte ihn nachdenklich und immer neugieriger. Alsbald nahm er sich Atempausen im täglichen Millionenspiel, suchte eifrig nach dem sogar vor den Mitarbeitern gut getarnten Hintergrund. Gerade mal eine Woche durfte er seiner Neugierde frönen, da rief ihn der Chef in sein Büro. Freundlich war er, der Chef, doch den Tenor seiner Worte konnte Stauffer nicht missverstehen. Da er seine begonnenen Nachforschungen nicht zu zügeln, zudem sein Gewissen nicht ruhig zu stellen vermochte, machte er, wie er glaubte, auf leisen Sohlen weiter. Wieder dauerte es nicht lange, bis er erneut bei seinem Vorgesetzten antanzen musste, was für ihn auch Beweis genug war, dass eine ausgeklügelte Überwachung der Mitarbeiter installiert sein musste. Diesmal lag ein Auflösungsvertrag schon bereit, der ihm eine großzügige Abfindung versprach, jedoch gleichzeitig einen rigorosen Maulkorb verpasste. Sollte er dennoch plaudern, noch vor der einjährigen Sperrfrist bei einem Konkurrenten anheuern, hatte er mit Konsequenzen, im Vertrag nachzulesen, zu rechnen. Irgendwie klang das bedrohlich. Klar war allerdings, Ärger mit Cautio war noch nie ein Zuckerschlecken gewesen.

Stauffer sah von Blauberg und mich an, mit ernster Miene, gestand, dass er, auch wenn die Frist abgelaufen war, jetzt zum ersten Mal über diese unerfreuliche Angelegenheit gesprochen hatte. Er vertraue uns, sagte er.

Von Blauberg lachte leise. Das könne er auch. Cautio würde von uns nichts erfahren, ganz sicher. Dort säßen die Bösen, wir seien die Guten.

Stauffers Miene zeigte offen, er war nicht ganz ohne allen Zweifel. Sein Respekt, vielleicht sogar seine Angst, vor Cautio saß tief.

Der Baron hatte Stauffer, den er über irgendwelche fünf Ecken kannte, kommen lassen, um von ihm Rat einzuholen, wie er möglichst schnell aus diesem Fonds aussteigen könne, was ja eigentlich, so viel er wisse, im Vertrag nicht vorgesehen sei.

Stauffer wiegte seinen Kopf mehrmals hin und her, dachte wohl nach. Es gäbe da eine Sonderkündigungsklausel, auch für Cautio nicht zu umgehen, da gesetzlich vorgeschrieben, kaum zu erkennen, nämlich sehr geschickt im Kleingedruckten versteckt. Zudem habe sie den Nachteil, dass damit ein erheblicher Teil der Einlagen verlorenginge.

Den sonst so gewitzten Ex-Banker hatte es auf dem falschen Fuß erwischt. Wie Baron Münchhausen gedachte er, sich am eigenen Schopf aus dem Sumpf zu ziehen. Ob der Wunsch ausreichte, um dem heimtückischen Anschlag auf sein Leben zu entgehen? Zumindest Skepsis war angebracht.

Ich lächelte ihm zu.

Durch diesen Seitenweg meiner Gedanken nur kurz abgelenkt, hätte ich beinahe den Namen nicht mitbekommen, den Stauffer nannte, den ich nebenbei registrierte, der mir aber zunächst einmal nichts sagte.

Heinrich hieß der Mann, war der Vorstandsvorsitzende des Cautio-Konzerns. Stauffer schrieb ihm die Entwicklung des Charon-Fonds zu. Der ehemalige Fondsmanager hatte keine guten, nur bitter klingenden Worte für Heinrich, nannte ihn einen gefährlichen Psychopathen, der keinen Wert auf Publizität lege, darum in der Öffentlichkeit kaum bekannt sei, im Hintergrund seiner Bösartigkeit fröne.

In meinem Kopf, im Nebel der Vergangenheit, weit zurückliegend, waberte der Name Heinrich herum, verdichtete sich im Laufe von Stauffers Erzählung, bis ich so weit war, gezielt nach dem Vornamen zu fragen. Der Heinrich nämlich, der durch die grauen Schwaden meiner Erinnerung schwamm, hatte einen nicht alltäglichen Vornamen. Konnte Stauffer ihn womöglich damit für mich identifizieren?

Quintus, sagte Stauffer.

Genau. Mit diesem Namen tauchte der Geheimnisvolle aus dem Meer der Vergangenheit auf. Ein junger Mann mit sehr kurzen Haaren, Mecki, wie solch eine Frisur damals hieß, mit ständig zusammengepressten Lippen, schrägen, fast asiatisch wirkenden, dunklen Augen, die jedes Gegenüber erbost, beinahe wütend zu fixieren schienen. Einen Mann gleichen Namens ein zweites Mal, nein, einen solchen Zufall konnte es einfach nicht geben.

Ich kannte diesen Quintus Heinrich. Habe ihn gekannt. Wobei kennen schon nicht das richtige Wort war. Wir waren miteinander bekannt, waren uns auf der Uni über den Weg gelaufen. Wie ich studierte er Mathematik, nicht wie ich zusätzlich Informatik, sondern eine andere Richtung, ich vermute, es war Jura. Hatte ich überhaupt mit ihm auch mal mehrere Sätze gewechselt? Im Moment jedenfalls konnte ich mich nicht daran erinnern.

Ich lächelte von Blauberg zu. Er schaute etwas verständnislos zurück, konnte sich wohl keinen Grund denken, der mir da gerade zu gefallen schien. Dabei war es so, dass Stauffer mir eben den roten Faden in die Hand gedrückt hatte, nach dem ich suchte.

Während der Baron und Stauffer das Vorgehen der Fondskündigung diskutierten, entschuldigte ich mich, verließ die Bibliothek, telefonierte vom Flur aus mit Wolf Vöst. Besprach mit ihm meinen Vorschlag, Moritz Stauffer als Berater für unsere Nachforschungen heranzuziehen. Stauffers Zugänge zu den Servern, vielleicht auch zum Host von Cautio, waren ganz sicher längst geschlossen. Solchen Leichtsinn erlaubten sich diese Profis ganz gewiss nicht. Aber Stauffer hatte reichlich Insiderwissen, das uns bestimmt weiterhelfen, uns möglicherweise Umwege ersparen würde.

Wolf sagte, ich solle Stauffer mitbringen, nicht ins Kloster, an einen neutralen Ort, da er erst mal mit ihm reden wolle.

Wir vereinbarten, uns beim »Lindenwirt« zum Essen zu treffen.

28

Vom Turm aus schlendere ich auf dem leicht abwärtsführenden Weg in Richtung See bis zum Waldrand. Ich kehre gerade von der morgendlichen Besprechung mit Wolf Vöst zurück, habe meinen Wagen in die Garage gefahren und mich auf diesen Spaziergang begeben, da es genug Punkte gibt, die ich mir noch durch den Kopf gehen lassen muss.

Ich sehe sie den Weg heraufkommen: den Mann und die Frau mit den drei bepackten Eseln. Das Paar hat Regencapes umgelegt. Ich nehme an, dass sie erst kurz zuvor einen feuchten Gruß vom Himmel geschickt bekommen haben. Schwere, dunkle Wolken ziehen in ihrem Rücken über den See den Bergen zu, während hier bei uns die Sonne strahlt.

Über dem See entwickelt sich zusehends ein prächtiger Regenbogen.

Der Mann, der wie einst Josef die kleine Karawane anführt, lacht zu der Frau zurück, die neben dem letzten Esel hergeht. Am Ende eines Regenbogens soll ein Schatz zu finden sein, höre ich ihn rufen.

Die Frau lacht hell. Sie habe doch längst einen Schatz gefunden.

Ich sehe den Mann seiner Begleiterin zulächeln.

Als er seinen Kopf wieder nach vorne wendet, sieht er mich am Weg stehen, verhält ganz kurz seinen Schritt, bevor er seinen Wanderstock wieder auf den Boden stemmt, sich das Seil spannt, an dem er den Esel führt, und weiter geht.

Mir bleibt Zeit, Menschen und Tiere zu taxieren.

Der Mann ist groß, sehr schlank, ja hager. Hat sich seit Tagen nicht rasiert. Unter seinem breitkrempigen Lederhut fallen dunkle Haare bis auf die Schulter. Seine Jeans sind wohl schon länger nicht mehr gewaschen worden. Die robusten Wanderstiefel, obwohl schmutzig, sehen gepflegt aus.

Die Frau, mittelgroß und kräftig, hat ihre rechte Hand leicht am Hals des Esels liegen. Der helle Strohhut, der offenbar schon einiges mitgemacht hat, lässt noch reichlich tizianrotes Haar sehen. Ihr Gesicht ist hübsch, hat etwas Puppenhaftes. Unter dem Cape, das die üppige Oberweite vergeblich zu verstecken versucht, schaut ein blaues, wadenlanges Leinenkleid hervor. An den Füßen trägt sie die gleichen Schuhe wie ihr Partner.

Von Eseln verstehe ich nichts, jedenfalls sind es kräftige Tiere, die klaglos die ihnen aufgeladene Last auf ihren Rücken tragen.

Es ist wahrlich eine ungewöhnliche Truppe, die da vor mir Halt macht.

Ich sehe ihnen freundlich entgegen. Beide entrichten mir ein deutliches *Grüß Gott*. Ich gebe es zurück und frage, wohin des Weges?

Nach Santiago de Compostela, antwortet der Mann, sie seien Pilger aus Köln auf dem Jakobsweg.

Da hätten sie sich ja nicht gerade eine kurze Strecke vorgenommen, seien zudem vom Weg abgekommen, der verlaufe drüben am anderen Ufer.

Jemand habe ihnen geraten, mit den Tieren auf dieser Seite zu bleiben und erst nach dem See auf den Pilgerweg zurückzukehren.

Wisse ich vielleicht eine Unterkunft, wo sie für heute und auch morgen unterkommen könnten, fragt die Frau.

Eine kurze Rast nur, ein Atemholen, erklärt der Mann.

Das fragen die beiden ausgerechnet mich.

Aber Korbinian wird Rat wissen.

Ich rufe ihn an. Erst einmal will er unseren Standort erfahren. Sagt nach meiner Antwort, er wird Daniel Holzer zu mir schicken, der die Pilger zu Franz Tischlinger bringen wird.

Also gut.

Ich erkläre den Wanderern, was mir der Freund vorgeschlagen hat, dann ziehen wir uns in den Schatten der Bäume zurück, um dort auf Daniel zu warten.

Welche Zeit sie veranschlagt hätten, um zu ihrem Ziel in Spanien zu kommen?

Eilig hätten sie es nicht, rechneten mit rund zwei Jahren.

Beide hätten eine unbefristete Auszeit genommen, Heidi als Lehrerin, Friedrich als Journalist. Ein Vortrag in ihrer Kirchengemeinde habe ihnen die fixe Idee zu diesem Abenteuer eingeimpft. Friedrich traf Absprachen mit Zeitungen, Radiostationen und einem Verlag, die zusammen die finanzielle Basis sicherstellten. Hinzu komme die nicht gerade üppige Summe ihrer Ersparnisse. Von dem Verkauf ihres alten Autos fiel noch ein geringer Happen in die Reisekasse. Nach allen Vorbereitungen kauften sie günstig die Tiere und machten sich guten Mutes auf in die nähere Zukunft.

Der Himmel werde ihnen helfen, sind beide überzeugt.

Heidi und Friedrich wollen wissen, in welchen Ort sie kommen, bitten mich, ihnen von der Gegend zu erzählen.

Ich bin mit meinen Worten gerade am See angelangt, als Daniel auf seinem Mountainbike angesaust kommt. Sogar seine Kamera hat er nicht vergessen, hat sie umhängen. Die Pilger begrüßt er munter wie alte Bekannte.

Beim Franz kommen sie gut unter, verspricht er ihnen schon nach wenigen Sätzen großzügig.

Mir flüstert er zu, der Franz könne manchmal ein bockiger Kerl sein. In diesem Fall erzähle er ihm was vom *Alten Haus* und das würde ihn umgehend hilfsbereit machen, da könne ich sicher sein.

Er lacht mir zu, ich lache zurück.

Daniel mit seinem Drahtesel übernimmt die Karawane, setzt sich an die Spitze.

Ich sehe ihnen nach, bis sie zwischen den Bäumen unsichtbar werden, gehe dann den Weg zum Turm zurück.

Schon liegt der Kastlerhof vor mir, als der Anruf aus Berlin kommt. Ich bleibe unter einer Kastanie stehen. Mein Kundschafter auf den Spuren des Charon-Fonds, Charles Gress, erstattet seinen Bericht, der immer fällig ist, wenn er Neues erfährt. Er sitzt irgendwo in Berlin vor einem Café. Was er mir erzählt, klingt recht düster, besonders wenn die Aussage von einem Mann wie ihm kommt, der sich in dieser politischen Halbwelt wie zu Hause fühlt. Die Cautio-Parteigänger, sagt er, weiten ihren Einfluss zusehends aus. Widerstandsnester werden mit Diffamierungen, Drohungen, nicht nur vermutlich auch mit Zuwendungen isoliert, und so weitgehend kalt gestellt. Bis hoch in die wichtigen Ministerien hinein, in die Fraktionsspitzen, gibt es empfängliche Ohren, die auf die verführerischen Einflüsterungen hören. Seit einigen Tagen werde auf ein geplantes Gesetz, das den Versicherungsbereich betrifft, verstärkt eingewirkt, um bestimmte Formulierungen zu verwässern oder ganz zu eliminieren.

Gerade in dem Moment, als ich Gress nach Namen frage, steuert seinen Worten nach ein Lobbyist, den er dem Versicherungsbereich zuordnet, auf seinen Tisch zu. Gress verspricht, sich später wieder zu melden, schickt mir noch ein meckerndes Lachen und beendet das Gespräch.

Den Nachmittag verbringe ich am Schreibtisch in meiner Bibliothek.

Am Abend hole ich Magdalena ab und wir fahren zum Schloss Igling hinüber, um dort hervorragend zu speisen.

Nach unserer Rückkehr machen wir es uns in meinem Salon gemütlich, hören Mozart, trinken Wein, unterhalten uns.

Als das Telefon stört, zögere ich erst einmal, mich zu melden. Erst nachdem mich Magdalena sanft schubst, stehe ich auf, gehe mit dem Telefon vor zum Fenster, nehme den Anruf an.

Es geht ganz schnell. Der Mann nennt keinen Namen, hat nur eine kurze Nachricht für mich.

Charles Gress ist tot. Von einem Auto angefahren. Fahrer flüchtig.

Ich stehe am Fenster, sehe hinaus, ohne wirklich etwas zu sehen. Die radikale Reaktion ist also ziemlich rasch gekommen.

Leo?

Ich sehe Magdalena an, die im gelblichen Kerzenlicht auf der Couch sitzt.

Gress ist tot, sage ich, einfach so aus dem Weg geräumt. Hat wohl zu sehr gestört. So wie Rainer. Sie kennen keinen Pardon.

Komm zu mir, Leo.

Ich lege das Telefon auf den Tisch, setze mich neben Magdalena, sehe sie an. Ihre Augen haben diesen besonderen Glanz.

Mit einer weiten Bewegung öffnet sie ihren blauen Kimono mit den großen weißen Blumen, den wir in Paris gekauft haben. Sie legt mir ihre warme Hand in den Nacken, zieht mein Gesicht an ihre Brust, streicht mir leicht über die Haare.

Wie gut mir diese Zärtlichkeit tut.

Dankbar schmiege ich mich an Magdalena.

Das einsame Jagdhaus

29

Über funktionierende Beziehungen zu verfügen war immer dann besonders erfreulich, schien es notwendig und die Zeit drängte. Gerade mal vor einer guten Stunde hatte ich die Nachfrage auf den Weg geschickt, saß auf der Terrasse und schaute zum See hinunter, da begann das Smartphone auf dem Tisch zu summen.

Karin Moldenhauer.

Die Frau ist Polizistin, arbeitet beim LKA. Als mein junger, ziemlich ungehöriger Nachbar Hans-Dieter Arzberger mit meiner Hilfe im wahrsten Sinne des Wortes untertauchte, machte sich auch Frau Moldenhauer auf die Suche nach ihm. Sie war davon überzeugt, sie hat es mir gesagt, dass ich mit dem rätselhaften Verschwinden des Hoferben zu tun hatte. Sehr ärgerlich für sie war, dass sie keine handfesten Indizien zu sammeln vermochte, mit denen sie mir wirklich auf den Pelz habe rücken können. Ich vermute wohl nicht falsch, dass sie noch heute an ihren Verdacht gegen mich glaubt.

Ich grüße Sie, Frau Moldenhauer, sagte ich zuckersüß. Ein Dankeschön für Ihren Anruf.

Ich muss zugeben, Sie haben exzellente Kontakte, Herr Doktor Petermann. Immer noch.

Ihre Stimme klang für meine Ohren spitz. Irgendwie meinte ich einen beleidigten Unterton zu vernehmen. Es war schon so nicht zu leugnen, die Dame vom LKA mochte mich einfach nicht. Allerdings in diesem speziellen Fall, so war ich mir sicher, war sie die richtige Person an der richtigen Stelle im richtigen Moment. Und um ehrlich zu sein, auch die einzige, die ich in diesem speziellen Metier so gut kannte, um zu versuchen, sie für meine Zwecke einzuspannen.

Ich bitte Sie um eine kleine Portion Ihrer kostbaren Zeit, Frau Moldenhauer. Ich muss dringend mit Ihnen sprechen.

Mehr betteln ging nicht.

Von ihr kam ein leises Lachen. Sie hatte die Falschheit hinter meinen Worten erfasst. Also gut: Dann den direkten Weg.

Persönlich, quasi Auge in Auge.

Wann?

Gerne überließe ich ihr Termin und Ort, nur zeitnah sollte es sein.

Sie schwieg, dachte wohl über verschiedene Optionen nach. Ich hörte sie atmen.

Dann ihr Vorschlag: In zwei Stunden im Café unter den Arkaden am Hofgarten. Würde ich das schaffen?

Ich bin da. Danke, Frau Moldenhauer, bis dann.

Damit war unser Telefonat beendet, ganz in meinem Sinne.

Keine fünfzehn Minuten später war ich umgekleidet und gen München unterwegs.

Die Fahrt verlief ohne Probleme, zudem schneller als gedacht. Ich gab meinen Wagen in der Garage des »Bayerischen Hof« ab. Noch blieb mir ein genügend großes Zeitfenster, um spontan in einem am Weg liegenden Buchladen Karl Mays drei Winnetou-Bände zu erstehen. Als ich das Geschäft wieder verließ, bemerkte ich sofort, dass sich das Licht verändert hatte, blickte nach oben, sah die schweren, dunklen Wolken. Ich sollte mich sputen, wollte ich nicht nass werden.

Ich schaffte es trockenen Fußes zum Café, sah gleich beim Eintreten Frau Moldenhauer am Fenster sitzen. Sie schenkte mir ein kleines Lächeln, wahrlich ein Wunder, machte jedoch keine Anstalten, mir die Hand zu reichen.

Lächelnd trat ich an den Tisch, deutete eine Verbeugung an, fragte, die Hand leicht auf der Lehne des Stuhls, ob ich Platz nehmen dürfe.

Als die Bedienung mir einen Cappuccino brachte, regnete es draußen ziemlich heftig.

Ich bemerkte den fragenden Blick der LKA-Beamtin. Natürlich hatte ich mir überlegt, wie ich beginnen sollte, ohne zu sehr mit der Tür ins Haus zu fallen.

Sie habe mich mal, es sei schon einige Zeit her, nach meinem früheren Partner bei »Pythagoras« gefragt.

War sein Name nicht Fall?

Sie erinnerte sich an Rainers Name, alle Achtung!

Ja, Rainer Fall. Würde sie mir die gleiche Frage noch einmal stellen, könne ich ihr heute genau sagen, wo er sich aufhalte.

Ihre Mundwinkel zuckten. Sie hatte von seinem Tod in Wien gehört. Habe dieses Treffen unmittelbar damit zu tun?

Ich nickte. Der Fährmann persönlich hat ihn über den Styx gerudert, sagte ich.

Ihre Augenbrauen hoben sich. Sie konnte meine Anspielung nicht verstehen, natürlich nicht.

Charon lautet das Stichwort, um das es geht, Frau Moldenhauer.

Schießen Sie los, Herr Doktor Petermann.

Ich hatte sie am Haken.

Also setzte ich die LKA-Beamtin ins Bild, chronologisch, wenn auch nicht vollständig. Ich hatte meine Worte nur so weit gesalzen und gepfeffert, um sie bei der Stange zu halten.

Als ich schwieg, gewährte ich meiner Zuhörerin Zeit zum Denken. Der Hofgarten vor dem Fenster zeigte uns noch immer ein vom Regen graugestricheltes Bild. Mein Cappuccino war kalt, nicht einmal angenippt.

Um Sie alleine kreist das gesamte Universum, Herr Doktor Petermann, nicht wahr?

Das klang nun mal reichlich angefressen. Frau Moldenhauer fühlte sich von mir manipuliert und hatte ja auch recht damit. Was sie von mir erfahren hatte, konnte sie auch nicht einfach so zur Seite wischen. Gerade diese Zwickmühle ärgerte sie. Soweit meinte ich sie zu kennen.

Ihre Bemerkung verlockte mich, noch einen kleinen Piekser

zu versuchen. Ich, Leo Petermann, bin zu meiner Zufriedenheit gerne mein eigener Mittelpunkt, gnädige Frau.

Dieses Mal war sie es, die mich erstaunte. Sie lachte, lachte richtig herzhaft.

Ich lächelte, war das doch auch das Zeichen, dass ich gewonnen hatte, sie mit ins Boot stieg.

Herr Doktor Petermann hebt für eine Handvoll Worte seine Tarnkappe, sagte sie, und in ihren Augen glitzerten noch Tränen vom Lachen.

Vor dem Café dann, unter den Arkaden, versprach sie, sich bei mir zu melden, wenn sie mir was sagen könne.

Und drückte mir tatsächlich die Hand, zum ersten Mal.

Wir gingen in verschiedene Richtungen davon. Der Gewitterregen war vorüber.

30

Nachdem Hochwürden Demme seinen Besuch für den Nachmittag angesagt hat, dekantiere ich rechtzeitig eine gute Flasche Rotwein.

Der Pfarrer erscheint pünktlich, wie immer, und wir gehen in den Salon.

Der graue regnerische Tag verweigert uns den freien Blick zum See.

Demme setzt sich, ich schenke den Wein ein. Mein Gast fragt nach dem Baufortschritt meines Segelbootes, das unter den kunstfertigen Händen von Alwin Voglmeier entsteht, in einem Ton, in dem man sich nach dem Befinden eines nahen Angehörigen erkundigt. Ich beschreibe ihm, was ich vor zwei Tagen drüben in der Werft gesehen habe.

Wir trinken einen Schluck, lassen den Geschmacksnerven Zeit zum genießerischen Nachschmecken. Noch die Gläser in der Hand, lächeln wir uns an.

Wie andere vielleicht zunächst über das Wetter plaudern mögen, kommt der Pfarrer erst einmal auf sein Lieblingsthema zu sprechen, das Kloster, an dem er mit jeder Faser seines Herzens hängt.

Auf dem Tisch liegt der zweite Band von Theodor Fontanes *Wanderungen*, den ich zu Ende lesen möchte, bevor ich zum *Winnetou* greife.

Hochwürden beugt sich vor und nimmt das Buch, blättert darin, und wir sprechen über die Mark Brandenburg, die wir beide noch nicht besucht haben.

Bis jetzt ist das nur ein Vorgeplänkel, wie ich es kenne. Auf solch verschlungenen Wegen nähert sich der geschickte Diplomat im geistlichen Gewand geduldig seinem Ziel. Kommt doch der Pfarrer nicht zu mir, ohne einen besonderen Wunsch im Gepäck zu haben. So ist Fontane auch nur ein willkommenes Alibi für ihn. Gemeinsam bummeln wir ohne Eile durch die weite Welt der Literatur, sprechen über berühmte Bibliotheken, schildern uns gegenseitig Skriptorien des Mittelalters, loben wunderbare Handschriften, die wir gesehen haben.

Mit einem hintergründigen Lächeln in den Augenwinkeln, für mich ersichtlich, weil ich den Filou inzwischen kenne, erzählt er mir mit begeisterten Worten von einem alten Kloster in den Vogesen, malt mir die romantische Landschaft in meine Vorstellung.

Ohne es zu ahnen, stößt Demme bei mir eine Tür auf, die, vergessen in der Vergangenheit, nun heftig in den verrosteten Angeln stöhnt. Ich bin in meine Jugendzeit zurückversetzt. Vordergründig höre ich ihm aufmerksam zu, tatsächlich aber läuft vor meinem inneren Auge ein Erinnerungsfilm ab, bewege ich mich auf einer emotionalen Spur, die ich nicht wegdrücken will, kommt es doch nur sehr selten vor, dass eine Farbe, ein Geruch oder, wie eben, ein Wort etwas in mir auslöst.

Einige Sommer lang verbrachte ich die Ferien mit meinem Onkel Hans, Bruder meiner Mutter, und dessen Sohn Arthur, der zwei Jahre jünger war als ich, in einer zu einem Landgasthof umgebauten alten Mühle in den Vogesen. Das waren schöne Wochen, unvergessen, verschüttet bis heute, in denen ich eine Ahnung von einem mir sonst fremden Gefühl verspürte, nämlich das von Geborgenheit und Zugehörigkeit.

Abends krochen wir, Arthur und ich, bei Dunkelheit, das Licht funktionierte meist dann, wenn es nicht gebraucht wurde, in die einfachen, auf schrägem Bohlenfußboden stehenden, knarrenden Holzbetten. Bevor wir einschliefen, versuchten wir uns gegenseitig mit gruseligen Gespenstergeschichten zu erschrecken.

Zogen draußen schwere Wolken über den Himmel oder goss der Mond sein silbernes Licht über die Wälder, fuhr der Wind durch die Bäume, rauschte der Bach gleichmäßig neben dem Haus, bellten irgendwo Hunde, verstärkte das unsere ohnehin lebhafte Fantasie und eine angenehme Gänsehaut nach der anderen überrieselte uns.

Eine Steigerung der unheimlichen Stimmung erreichte der nächtliche Regen, der an die kleinen Scheiben trommelte oder gar ein Gewitter, das grausige Figuren vor das Fenster gaukelte, und wir uns unter den molligen Bettdecken verkrochen.

Was hat Hochwürden gerade von den *Freunden des Klosters* gesagt?

Lächelnd entschuldige ich mich für meine ungehörige Unaufmerksamkeit, beichte ihm meinen Zeitsprung in die Vogesen.

Demmes Verständnis ist mir sicher.

Wir trinken Wein.

Ich höre ihm zu, als er sagt, das Kloster in den Vogesen habe ihm Teile der Bibliothek angeboten, darunter einige seltene Handschriften und Inkunabeln. Wie zu seiner Entschuldigung hebt er seine Hände und sagt, er müsse natürlich erst einmal vor Ort die bibliophilen Schätze in Augenschein nehmen. Und dann seien da ja auch seine Bedenken, ob das denn sein müsse. Auf der Agenda ständen eine ganze Reihe Vorhaben in der Wertigkeit viel weiter vorne. Aber da seien ja noch die *Freunde des Klosters* oder nicht?

Für mich ist der Zusammenhang Kloster, Bibliothek, Vogesen von einigem Reiz. Beinahe hätte ich dem Pfarrer spontan vorgeschlagen, zusammen hinzufahren. Mein innerer Zensor winkte jedoch sofort ab: Unsinn. Sollte ich in die Vogesen fahren, demnächst oder irgendwann, dann mit Magdalena.

Hochwürden meint mit mir inzwischen recht vertraut zu sein, nickt ohne Zögern meinen Vorschlag ab, zunächst einmal die finanziellen Vorstellungen dieses Klosters in Erfahrung zu bringen.

Unsere Unterhaltung gleitet, nachdem der Pfarrer sein Anliegen an mich weitergegeben hat, locker hin zu allgemeinen Kimmlinger Themen.

Dann ist auch der letzte Schluck Wein getrunken.

Bevor er geht, zeige ich Hochwürden die Grabwächterfigur, die mir vor einigen Tagen ein Bote aus Wien gebracht hat. Da ich weiß, dass afrikanische Kunst nicht für jeden Geschmack mit Ästhetik und Schönheit in Einklang zu bringen ist, verzeihe ich dem Pfarrer lächelnd sein geheucheltes Interesse, will er mir doch mit seiner Bewunderung eine Freude machen.

31

Auf der Fahrt hinüber nach Starnberg komme ich an der Zufahrt zur »Residenz über dem See« vorüber, denke an meinen Vater, der sich mit seiner Dame im Süden pudelwohl fühlt, keinen Gedanken an eine Rückkehr in absehbarer Zeit verschwendet.

Mit dem Schiff will ich von Starnberg hinüber nach Bernried.

Im Schatten auf dem oberen Deck mit einem kühlen Getränk sitzend, genieße ich es, wie das Schiff seinen Weg über den spiegelblanken See zieht. Zahlreiche Segelboote spielen mit dem Wind, was beim Beobachten meine Vorfreude auf mein Boot befeuert. Die Berge liegen konturscharf zum Greifen nah. Der blaue Himmel mit weißen langgezogenen federleichten Fönwolken ist schöner als ein Kunstwerk anzuschauen. Langsam gleitet das Ufer vorüber.

Im Buchheim Museum habe ich mich mit Ansgar Welz, MdB, verabredet.

Vor einigen Tagen war ich am frühen Abend drüben im Kloster. Wolf Vöst und ich schlenderten im Innenhof Kreise. Ich war gekommen, um zu hören, was die Recherche über Quintus Heinrich ergeben hatte, einen weiteren Schwerpunkt ihres ohnehin kaum zu bewältigenden Kampfes an der Datenfront.

Nun, zunächst einmal konnte Wolf nicht ohne Stolz berichten, dass sie endlich Erfolge vorzuweisen hatten, keine entscheidenden, aber immerhin. An einigen Stellen war es ihnen gelungen, Brandmauern der Cautio-Computer zu überwinden oder zu umgehen, ohne von ihrem Zielobjekt bemerkt zu werden.

Über meinen ehemaligen Kommilitonen Quintus konnte er noch nichts Näheres sagen. Um ihn schien Cautio noch einen zusätzlichen Sicherheitsring gelegt zu haben. Der zugängliche Fundus über den Cautio-Chef war mehr als dürftig, die vorhandenen Fotos waren schlecht, die Person darauf kaum zu erkennen, über sein Privatleben nichts, als sei das überhaupt nicht existent. Nach seinem Universitätsabschluss schien der Mann hinter einem dichten Vorhang verschwunden zu sein.

Bevor wir uns trennten, gab mir Wolf ein Blatt Papier, einen Computerausdruck von vielleicht zehn Zeilen, die offiziellen Daten von Ansgar Welz, veröffentlicht im Handbuch des Deutschen Bundestages. Wolf charakterisierte ihn als Delphin unter lauter Haien.

Meine erste Reaktion war, Wolf auf den gewaltsamen Tod von Charles Gress hinzuweisen.

Wolf schüttelte den Kopf. Wir müssten keinen Skrupel haben, brauchten Welz nicht den Weg zu weisen, er schmiede selbst mit an einer parteiübergreifenden Front junger Abgeordneter gegen die Cautio-Versicherung, vor allem jedoch gegen den Charon-Fonds. Und genau dafür könnte er jede Hilfe, also auch unsere, gut brauchen.

Interessant, gab ich gerne zu. Das war mehr, als ich erst einmal zu hoffen gewagt hatte.

Wolf zog einen kleinen, zerknitterten Zettel aus seiner Hosentasche, versuchte ihn mit Daumen und Zeigefinger glattzustreichen, gab ihn mir mit einem Grinsen.

Büroadresse und Telefonnummer von Welz in München, sagte er.

Nach der Rückkehr in mein Haus rief ich die Nummer an, sprach auf das Band, bat um Rückruf von Ansgar Welz, machte es dringend.

Der Abgeordnete ließ sich Zeit bis zum späten Nachmittag des nächsten Tages. Das Gespräch war zunächst wenig erbaulich, da er sich gar nicht verbindlich, sogar eher ruppig gab. Ich blieb ungerührt freundlich, bat um ein Treffen mit ihm, möglichst bald.

Welz schwieg, ich meinte jedoch in seiner Nähe eine Stimme flüstern zu hören.

Ob ich der Petermann von »Pythagoras« sei, wollte er wissen.

Nach meiner Bestätigung verlief das Telefonat auf einmal ganz in meinem Sinn.

Morgen sei er in Tutzing. Könnten uns im Buchheim-Museum treffen, das er sich immer schon mal ansehen wollte?

Ich sagte zu.

Von der Schiffsanlegestelle spaziere ich den schattigen Weg hinauf zum Museum, ohne Eile. Wir hatten einen Zeitrahmen vereinbart und ich bin eigentlich sicher, dass er nicht zu zeitig auftauchen wird.

Ich setze mich auf der Terrasse des Cafés unter einen Sonnenschirm.

Welz hatte mich nicht gefragt, über was ich mit ihm sprechen wollte. Hatte er den Termin allein zugesagt wegen meiner Verbindung zu »Pythagoras«? Versprach er sich da was? Spannend war also die Frage, wie er auf die Stichworte Cautio und Charon-Fonds reagieren würde.

Es ist ein Tag schön wie ein Aquarell, dort zu sitzen ein Geschenk an das Gemüt, solange nicht andere Gäste in der Nähe für zu laute Unruhe sorgen. Leider wird der Augenschmaus des Weitblicks ein wenig gedämpft durch eine Reihe alter Bäume oberhalb des Ufers, wenn auch nicht zu sehr.

Ich sehe diesen Jüngling mit der Pilotenbrille auf die Terrasse treten, nehme allerdings nicht an, er könne Welz sein. Eben habe ich mich wieder abgewendet, da höre ich neben mir meinen Namen sagen, versehen mit einem Fragezeichen, einem kleinen, im Ton. Ich sehe in die dunklen Gläser der Brille und bemerke das leichte Grinsen. Ich erhebe mich, reiche ihm meine Hand hin. Wir tauschen die üblichen Grußformeln, nachdem wir uns vorgestellt haben, und ich lade ihn zum Sitzen ein.

Wie alt mag er sein?

Welz bestellt sich einen Latte macchiato. Bis die Tasse vor ihm steht, plaudert er über sein Interesse an der modernen Kunst, bedauert, zu wenig Zeit zu haben, um regelmäßig Ausstellungen zu besuchen. Dabei schaut er über das weite Gelände. Noch nicht einmal hat er sich mir direkt zugewendet. Er nippt dann an seinem Getränk, lehnt sich zurück, fährt sich mehrmals mit allen zehn Fingern durch die blonden Locken.

Er nimmt die Brille ab, versenkt sie in die Brusttasche seines Hemdes und sieht mich an. An seinen Augen erkenne ich, dass er nicht so jung ist, wie er wirkt. Seine grünen Augen sind voller Wut.

Ist die Wut sein Antrieb?

Er fragt, ob wir uns hier oder während eines Rundganges unterhalten wollen?

Ich entscheide mich für den Rundgang, auch wenn ich das Museum bereits mehrfach besucht habe.

Irgendwie gefällt mir Welz auf Anhieb. Er biedert sich nicht an, hat so gar nichts von einem aalglatten Politiker.

An den ersten Bildern geht er langsam vorbei, dann, etliche Schritte vom nächsten Eck entfernt, hinter dem jeden Moment ein Besucher hervortreten könnte, bleibt er vor einem Gemälde stehen, den Kopf leicht angehoben und sagt leise: Charon.

Ein cleverer Junge, wahrlich.

Da ich, der neben ihm steht, nichts sagt, sieht er mich an, seine Augen blitzen jetzt, seine Lippen verziehen sich zu einem richtigen Lächeln. Auf einmal wirkt Welz wie ein Lausbub.

Charles Gress, klärt Welz das kleine Rätsel auf. Charles sei alles andere als ein angenehmer Zeitgenosse gewesen, aber er hätte Mumm gehabt. Verbiss er sich mal in etwas, machte er seine Fänge nicht mehr auf bis zu seinem Ziel. Auch darum war er ein idealer Mann für jeden Untersuchungsausschuss gewesen.

Er spreche überraschend gut von einem Mann, wende ich ein, den viele als einen üblen Opportunisten, bestenfalls als skurrile Figur sähen.

Welz äußert sich nicht zu meinen Worten, sondern setzt den Weg fort. Ich bleibe neben ihm, auch interessiert, welche Bilder ihm wohl gefallen.

Sich lächerlich zu machen, sei in Deutschland noch nie eine Schande gewesen, sagt er.

Habe Gress das so gesehen?

Welz zeigt ein ziemlich kaltes Lächeln. Als Politiker in Berlin muss man das so sehen. Reiner Selbstschutz. Was dort abgeht, ist geistige Kakophonie. Die begleitende Wortdiarrhoe soll verdecken, dass die Politik nichts mehr zu bieten hat, nur laues Dauergeschwätz, zapplige Spiegelfechtereien, um dem Publikum was vorzuspielen.

Als wir vor einer Stellwand erneut vor einem Gemälde Halt machen, kommt die blonde Frau, die ich vorher schon bemerkt habe, um die Ecke, zögert zu lange, um ihre Überraschung natürlich aussehen zu lassen, dreht sich dann zur anderen Wand hin, zeigt uns ihren Rücken. Was ist mit dieser blonden Frau? Folgt sie uns?

Welz scheint die Frau nicht zu interessieren. Politik, sagt er, sei kein Wegweiser mehr für die Menschen, nur noch eine Ware, die der Masse verkaufbar präsentiert werden muss. Sie ziehen uns klammheimlich die Demokratie unter dem Hintern weg. Er sieht mich mit seinen wütenden Augen an. Lauterkeit, ehrliche Überzeugung, das verlässliche Bemühen um einen sauberen Weg ist in Berlin so selten wie ein Foto vom Mann im Mond. Camus habe mal von einer Lügenmaschine geschrieben. Er lacht sarkastisch, schweigt, setzt den Weg fort. Nach vielleicht einem Dutzend Schritten, schon nahe am Durchgang zum nächsten Raum, scheint er ein Gemälde zu bewundern, während er sich entschuldigt. Ich solle einem jungen Mann verzeihen, dem alle Illusionen abhandengekommen seien.

Kleine Pause.

Ob ich Neuperlach kenne, will Welz wissen, dieses Ghetto der Abgespeisten? Für diese Menschen sei er in den chevaleresken Kampf gezogen. Es ging so verdammt schnell, bis er kapiert hatte, dass es in unserer Zeit keine Märchen mehr gibt.

Kleine Pause.

Manchmal müsse er sich die Welt neu zusammensetzen, damit sie für ihn stimme, halbwegs zumindest. Welz blickt mir offen ins Gesicht. Ich solle sein Gejammer als Preis für das Treffen hier im Museum verbuchen.

Mit einer weiten Bewegung deute ich nur an, ihm meine Hand auf die Schulter legen zu wollen, und lächle.

Seine Augen wechseln wieder den Ausdruck. Charles Gress habe ihn angesprochen, ihm von der Front, wenn auch einer eher schwachen, berichtet, die sich gegen Cautio und speziell Charon aufbaue, geht der MdB endlich in medias res. Ohne viel Federlesens reihte sich Welz in die Gruppe jüngerer Abgeordneter ein. Manch einer von ihnen gebärde sich ungeduldig, glaube nicht an die Macht der Zeit. Der eine oder andere hätte nur zu gerne den Holzhammer ausgepackt. Zu denen gehörte auch Gress, der ja längst nicht mehr zu den Jungen zu rechnen war. Sie wollten nicht einsehen, dass dieses rebellische Verhalten ihren Plänen letztendlich zuwiderlief. Inzwischen hatte sich nämlich eine Gegenfront gebildet und sie hockten eigentlich schon in einer Wagenburg. Das Imperium schlage zurück, demnächst.

Schweigend pilgern wir hinüber in den nächsten Raum.

Kennen Sie Heinrich, Herr Doktor Petermann?

Er weiß also Bescheid, denke ich.

Nur flüchtig und das ist lange her, gebe ich zur Antwort.

Auch wenn es das personifizierte Böse nicht geben soll, Heinrich komme der Vorstellung ziemlich nahe, meint Welz sarkastisch.

Wir sprechen über Heinrich und unser Rundgang führt uns zum letzten Gemälde.

Ich verspreche Welz meine Unterstützung. Er müsse nur sagen, wie ich helfen könne. Ganz ohne Einfluss sei ich nicht.

Wir tauschen sichere Codes aus, über die wir uns schnell erreichen konnten. Vereinbaren noch ein paar andere Dinge, die uns beiden wichtig erscheinen.

Dann treten wir hinaus in den breiten Flur mit den Glasfenstern. Meine erneute Einladung ins Café lehnt er ab. Keine Zeit, er sei ein ewig Gehetzter.

Er macht einen etwas entspannteren Eindruck. Die Wut ist noch nicht zurück in seinen Augen.

Die blonde Frau tritt auf den Flur, kommt heran und Welz reicht ihr seine Hand. Es ist also so, wie ich vermutet habe.

32

Die weibliche Stimme am Telefon nannte das Kino, den Film, die Uhrzeit, nicht jedoch ihren Namen.

Ich erkannte sie beim ersten Wort.

Da stimmte etwas ganz und gar nicht, ich ahnte, roch bereits das Feuer auf dem Dach.

Früh genug fuhr ich nach München, war wieder einmal zu zeitig vor Ort, noch in Laufweite des Karlsplatzes, kaufte an der Kasse eine Karte, wartete, die ganze Zeit alleine, geduldig an der roten Kordel vor der längst offenstehenden Tür. Der Film schien offensichtlich wenig Publikum anzuziehen. Als der Zugang freigegeben wurde, setzte ich mich in die letzte Reihe, ganz außen.

Das konspirative Treffen konnte seinen Verlauf nehmen.

Gerade war das Licht erloschen, als ein Schatten neben mir auftauchte, ich einen Platz weiter rückte, der Schatten sich in den Sessel mir zur Seite niederließ.

Ihr Parfüm schmeichelte meiner Nase.

Ein kurzes Hallo von ihr.

Grüß Gott, gnädige Frau, von mir.

Ein Wunder sei geschehen, flüsterte sie, lachte sogar leise. Lassen Sie sich doch tatsächlich in Ihrer heiligen Ruhe stören.

Siehe an, Karin Moldenhauer zeigte einen leichten Ansatz von Humor, zum ersten Mal.

Wie sollte ich nicht, raunte ich zurück. Mein Freund wurde umgebracht, in Berlin ist ein Politiker zu Tode gekommen, weil er die falschen Fragen den falschen Leuten stellte.

Verzeihen Sie, tuschelte sie mir ins Ohr, sie habe einfach nicht der Versuchung widerstehen können.

Schon gut, erteilte ich ihr Dispens.

Eine kurze Weile verfolgten wir, was sich vor uns auf der Leinwand abspielte. Gerade lief der Trailer eines Actionfilms, in einer Lautstärke, die den Ohren wehtat, was uns allerdings entgegenkam. Um uns jedoch deutlich zu verstehen, mussten wir uns gegenseitig ins Ohr sprechen.

Die LKA-Beamtin hat meine Angaben überprüft und als zutreffend abgehakt. Mit der Unterstützung von deutschen und europäischen Kollegen ging sie ausgewählten Todesfällen nach. Alle Verstorbenen hatten Charon-Verträge, was zunächst mal keine Überraschung war, ihre Totenscheine dokumentierten ohne eine Ausnahme einen *natürlichen* Tod, was schon mehr Grund zum Zweifel gab. Die hohen Einlagen kassierte ohne Ausnahme die Cautio-Gruppe. War das schon die Bestätigung von unguten Machenschaften?

Wie ein Donnerschlag aus heiterem Himmel kam gestern die unbedingte Anweisung von ganz oben, die Vorermittlung sofort zu beenden.

Wir schwiegen.

Es wurde hell.

Wir blickten nach vorne, zwei Fremde eben, die in einem fast leeren Kino rein zufällig nebeneinander saßen.

Wieder wurde es dunkel, der Film begann.

Ich ahnte es mehr, als dass ich es gesehen hätte, wie die schwarze Mappe von ihrem Schoß zu mir herüberschwebte. Sofort legte ich meine linke Hand besitzergreifend darauf.

Der Inhalt würde mir gewiss nützlich sein.

Ich dankte ihr.

Sie werde mir nicht auf die Finger sehen. Wüsste von nichts, wie die drei Affen. Könne mich darauf verlassen. Wünsche mir Waidmannsheil. Stand auf, verließ als dunkle Person das Kino.

Alle Alarmglocken schrillten bei mir. Vorsicht, Leo, ganz dünnes Eis, es knirscht gefährlich unter den Füßen.

Ich blieb noch einige Minuten sitzen.

33

Die Security-Division von »Pythagoras« bereitete meinen Ausflug nach Darmstadt vor. Punkt für Punkt sprach ich alle denkbaren Möglichkeiten haarklein mit dem Sicherheitschef durch. Dennoch war ich mir des Risikos bewusst, das ich da eingehen wollte.

Nun befand ich mich also auf dem Weg zu Quintus Heinrich, saß mit zwei Männern als Begleitung in einem alleine für uns reservierten 1. Klasse ICE-Abteil. Beide waren sportlich, kräftig und völlig unauffällig.

Auf meinen Spaziergängen durch Kimmling-Hof, meinen Streifzügen am See entlang, den Radtouren durch die nähere Umgebung, bei der Pflege meiner Rosen, sogar des Nachts im lauen Seewind auf der Terrasse, während einer meiner Schlafpausen, durchsuchte ich, Sequenz nach Sequenz, den Film meiner Erinnerung nach dem Gesicht von Quintus. Tatsächlich fand ich es, speicherte mir Bild für Bild, um die Sammlung in Ruhe zu betrachten. Es war ein kaltes, verschlossenes Gesicht, dem ich zum ersten Mal in einem Mathematikseminar begegnete. Später sprachen wir sogar hin und wieder kurz miteinander. Um was es ging, weiß ich längst nicht mehr, sicher waren es mathematische Themen. Ich kann sagen, wir haben uns gekannt, wenn auch nicht gerade gut. Privat hatten wir gar nichts miteinander zu tun.

Quintus zählte, wie auch ich, zu der handverlesenen Gruppe, die den Ehrgeiz hatte, zu versuchen, die so herausfordernden wie lockenden Spezialaufgaben unseres Professors auf freiwilliger Basis zu lösen. Um zu diesem elitären Zirkel überhaupt gehören zu dürfen, musste man eine herausragende Intelligenz mitbringen. Von Quintus wurde geflüstert, der eigenartige Einzelgänger sei ein genialer Mathematiker. So einem würde viel nachgesehen, schon damals.

Die Erinnerung brachte mir auch die wenigen Versuche zurück, die Quintus unternahm, um mit mir in Kontakt zu kommen. Ich allerdings, ebenfalls ein bekannter Eremit unter den Kommilitonen, biss nicht an, nicht eigentlich aus Prinzip, mehr wegen der unguten Signale, die ich von Quintus empfing.

Da auch Werner Brandscheid Quintus von der Uni her kannte, hatte ich mich mit ihm in München verabredet, um den heutigen Chef des Cautio-Versicherungskonzerns zum Thema zu machen. Vor allem auch darum, weil, wie ich wusste, Werner den Öffentlichkeitsscheuen tatsächlich auch später noch einige Male getroffen hatte. In der Finanzliga, in der Werner mitspielte, führte kein Weg um die Cautio-Gruppe herum. Werner hatte Quintus' rasanten Aufstieg im Konzern fasziniert verfolgt und zwangsläufig mitbekommen, dass Quintus, je höher er stieg, desto unsichtbarer wurde. Der Mann verschwand hinter einer Nebelwand von Legenden, die er wohl selbst am kräftigsten fütterte, wie Werner wohl nicht zu Unrecht vermutete.

Als ich Werner sagte, ich spiele ernsthaft mit dem Gedanken, Quintus zu besuchen, da machte er ein bedenkliches Gesicht. Sollte ich mir das antun, müsste ich mich vorsehen, Quintus sei, offen gesagt, ein heimtückischer Schweinehund, sei seiner Meinung nach nicht normal, unberechenbar, leicht reizbar, reagiere geschmeidig wie ein Raubtier.

Nach dem Gespräch mit Brandscheid verabschiedete ich mich von meinem Vorhaben, mit anderen ehemaligen Kommilitonen, die Vösts Team ausfindig gemacht hatte, Verbindung aufzunehmen. Ich wollte unbedingt vermeiden, Quintus nur den leisesten Hauch eines Gerüchts zufliegen zu lassen.

Darum wählte ich sogar zur Anreise nach Darmstadt die Bahn, um Normalität vorzugaukeln, Quintus auf gar keinen Fall wittern zu lassen, dass es für mich um mehr als einen privaten Besuch bei ihm gehen könnte.

Die Fahrt verlief, wie erwartet, ohne Zwischenfälle. Als ich mit meinen Begleitern den Zug im Darmstädter Hauptbahnhof verließ, wurden wir auf dem Bahnsteig von einem weiteren Bodyguard erwartet, der den Bahnhof und die Umgebung im Auge gehabt hatte, von ihm zum Vorplatz hinaus begleitet, wo eine Limousine mit getönten Scheiben bereitstand und ein uniformierter Fahrer auf uns wartete.

Ich saß im Fond zwischen meinen Beschützern. Der Mann, der uns vom Zug abgeholt hatte, stieg als letzter ein, vorne neben dem Fahrer.

Auf die Straßen der Stadt achtete ich kaum, meine Gedanken eilten voraus, hatten nur den bevorstehenden Besuch im Fokus. Wolf Vöst hatte mit seiner Meinung nicht hinter dem Berg gehalten, berief sich auf Stauffer, stufte mein Vorhaben als gewagtes Husarenstück, ja, als Zirkusnummer ein, wie wenn der Dompteur in der Arena seinen Kopf ins Maul des Löwen steckt. Das Risiko sei in keiner Weise kalkulierbar und stehe in keinem Verhältnis zu seinem Nutzen. So wie Heinrich einzuschätzen sei, würde er nicht im Traum daran denken, zurückzuziehen, rede ich ihm auch mit goldenen Worten ins Gewissen, so er überhaupt eines habe. Lohne es sich, dafür aus der Deckung zu treten?

Zu der Zeit war allerdings erst noch abzuwarten, ob ich überhaupt einen Termin beim Vorstandsvorsitzenden des Cautio-Konzerns bekommen würde. Was uns als mögliches Hindernis erscheinen wollte, stellte sich als lächerlich leicht heraus. Die eigentliche Überraschung war, dass Quintus mich in seine Privatwohnung, auf die wir bis zu diesem Zeitpunkt keinen Hinweis im Netz gefunden hatten, einlud, hatte ich doch, wenn überhaupt, damit gerechnet, ihn in der Cautio-Zentrale zu treffen.

Ich hatte mich ins Vorzimmer von Heinrich verbinden lassen, der männlichen Stimme, die sich meldete, erklärt, mit wem er sprach, und um Rückruf von Herrn Generaldirektor Heinrich gebeten.

Der Rückruf kam keine zehn Minuten später. Quintus selbst meldete sich, gab sich leutselig, fast nett, wie ein alter Freund eben, nach so vielen Jahren. Er sprach seine Verwunderung unumwunden aus, dass wir uns seit den Studententagen nie mehr begegnet seien.

War er vielleicht wirklich nur menschenscheu, längst nicht so düster, wie sein Ruf es verhieß? Oder war es eher so, dass er mich mit seiner Freundlichkeit einlullen, mich leichtsinnig, ja, mich locken wollte? Doch warum sollte er das tun? Hatte er einen Plan, wie er mit mir umgehen wollte? Dann müsste er allerdings mit mir gerechnet haben. Waren womöglich nicht nur wir ihm, sondern auch er uns hinterher? Hatten sie uns vielleicht bemerkt? Auch auf solche Fragen erhoffte ich mir Antworten.

Die Limousine bog von der mehrspurigen Hauptstraße in eine ruhige Nebenstraße ab, rollte im Schritttempo weiter. Vor uns, am Ende der Straße, ragte ein spitzer Kirchturm in die Höhe. Linker Hand sah ich das Palais auftauchen, wohl erst kürzlich hergerichtet, in dem Quintus Heinrich im oberen Stockwerk seine Wohnung hatte.

Der Fahrer steuerte den Wagen gegenüber auf den breiten Parkstreifen.

Nachdem ich ausgestiegen war, mein Jackett geschlossen, einen Moment lang zum Palais hinübergeschaut hatte, überquerte ich die Fahrbahn, und wie von unsichtbarer Hand öffnete sich vor mir die hohe Eingangstür. Ich trat in die überraschend helle Halle und dort stand mir ein kräftiger Mann im Weg, unverkennbar einer aus der Bruderschaft der Sonnenbrillenträger. Er zeigte mir sein Zahnpastalächeln.

Ich lächelte zurück, nannte meinen Namen.

Ich sei ihm avisiert. Er entschuldigte sich mit knappen Worten dafür, nicht unfreundlich, mich nach Waffen abtasten zu müssen.

Meine amüsierte Miene schien ihm zu gefallen, signalisierte sie ihm keinen Widerstand. Er hatte Übung, war geschickt, erklärte dabei, jeder Besucher von Generaldirektor Heinrich werde überprüft. Nach der kurzen Prozedur begleitete er mich auf den glänzenden, onyxfarbenen Platten zum Lift.

Mein Sender war so geschickt versteckt, um auch einem Profi zu entgehen. Was wäre, wenn ich eine elektronische Schranke passieren müsste? Das war natürlich nicht auszuschließen.

Als die Türen vor mir lautlos auseinanderglitten, erwartete mich ein kompakter Mann in mittleren Jahren, dunkler Anzug mit silberner Fliege und weißen Handschuhen, dem arroganten Gesicht eines herrschaftlichen Butlers, den er wohl nur spielte, es sicher nicht war.

Quintus Heinrich hatte Angst!

Dieses Signal konnte ich nicht übersehen.

Der Mann gab mir den Weg frei, schloss geräuschlos die Tür, führte mich durch einen saalartigen Vorraum, dessen zwei Deckenfenster mit Jugendstilmotiven versehen waren, in einen Wohnraum von, geschätzt, den dreifachen Ausmaßen meines Salons, und hinaus auf die Dachterrasse.

Quintus, es musste Quintus sein, stand ganz vorne an der gemauerten Brüstung, sah mir entgegen.

Irgendwie kam mir alles inszeniert vor, als würde mir etwas vorgeführt; unecht eben.

Wir sahen uns an, es war eher ein Betrachten, glichen wohl beide die alten Bilder ab. Ganz klar: Ich hätte ihn nicht wiedererkannt. Quintus war groß und mager, hatte einen länglichen, völlig kahlen Schädel. Keine Augenbrauen oder aber sehr helle, und große dunkle Augen wie Kohlen. Sein Gesicht, das keine Regung zeigte, wirkte wie ein markanter Holzschnitt.

In diesem ersten kurzen Moment, noch kein Wort war gesprochen, stellte ich mir Quintus in der schwarzen Uniform mit den Runen vor und sie passte ihm wie angegossen.

Seine Augen schienen mich durchdringen zu wollen. Ich hatte einen gefährlichen Menschen vor mir, keine Frage, den ich mit meiner stärksten Waffe angriff, dem scharfen Schwert meines Lächelns. Er versuchte, es mir nachzutun, was ihm misslang, es kam nur ein aasiges Grinsen heraus, was mehr verriet als vertuschte; sein Gesicht war untrainiert in dieser Art nonverbaler Kommunikation. In seiner Welt wurde nicht gelächelt. Ich war im Vorteil. Auch weil ich wusste, wen ich vor mir hatte, und er es nicht wusste.

Das gegenseitige Abschätzen dauerte nur wenige Augenblicke. Quintus war der erste, der sich bewegte. Er kam auf mich zu, streckte mir seine Hand hin. Zwei kühle Hände berührten sich für Momente.

Er hieß mich willkommen. Mit einer warmen, dunklen Stimme, auf die hereinzufallen nicht schwer war, sagte er, er freue sich, mich zu sehen.

Die Stimme war seine Waffe, wurde mir sofort klar.

Nach so vielen Jahren, nicht wahr, Quintus?

Nie seien wir uns begegnet, eigentlich unglaublich, meinte er. Dennoch habe er aus der Ferne immer zugesehen, was sein alter Studienkollege so als Chef von »Pythagoras« getrieben habe.

Warum habe er sich versteckt gehalten, setzte ich ihm entgegen, sei doch nicht mal mir bekannt gewesen, dass Quintus der Cautio-Gruppe vorstehe.

Wieder dieses krampfartige, fast ekelhafte Grinsen. Ihn dränge es nun mal nicht vor den Vorhang. Es entspräche nicht seinem Wesen.

Meine nächsten Worte begleitete ich mit einem leisen Lachen. Ja, sicher, ich könne sein Motiv nachvollziehen, auf jeden Fall verstehen. Auch ich sei nie ein Freund der großen Pauke gewesen.

Ich spürte die kaum wahrnehmbare Verunsicherung des Hausherrn. Wodurch hatte ich ihm sein Konzept unterminiert?

Auf einmal trat er neben mich.

Leg mir jetzt ja nicht die Hand auf die Schulter, dachte ich, und wollte einen Schritt zur Seite machen. Ich tat es nicht. Er auch nicht.

Wir standen nebeneinander, er ein kleines Stück größer, sahen nach vorne, hin zu den Dächern der Stadt. Nur mit den Fingerspitzen, kaum zu spüren, berührte er meinen Arm, dirigierte mich so nach vorne zur Brüstung. Er wollte mir den Blick von seiner Dachterrasse präsentieren.

Ein gepflegter, ausgedehnter Garten, breite Wege, ummauert, gegenüber, quasi als Abschluss des Bildes, ein zierliches Schlösschen, ganz rechts der spitze Kirchturm. Eine schöne, eine ruhige Aussicht.

Quintus stand neben mir, ein Stück Fels, ein Feldherr, der über das Schlachtfeld blickt, das er fest in der Hand hat.

Wir schwiegen und je länger es andauerte, desto schwerer hing die Stille in der Luft.

Sein Vorschlag, hineinzugehen, und sein Umwenden kamen unmittelbar zusammen. Ich folgte ihm. Er ging mir in eine Sitzecke mit englischen Stilmöbeln voraus. Was ich sah, mir vorhin schon ins Auge gefallen war, verriet mir, dass mein Gastgeber sein Domizil, zumindest diesen Wohnsaal, nicht selbst eingerichtet hatte, wozu ihm natürlich auch die Zeit fehlte. Das Ambiente trug zu offensichtlich die Handschrift eines Innenarchitekten mit einem nach oben offenen Budget.

Quintus sah mich an. Er erwartete lobende Worte, stellte ich mir vor, tat ihm also den Gefallen nicht.

Er fragte mich, was er mir zum Trinken anbieten dürfe? Er billige sich zur Feier dieses Tages einen Whisky zu.

Genau das hätte er nicht sagen dürfen. Er provozierte. Damit nahm das Kräftemessen erst richtig seinen Anfang.

Er sollte es nicht leicht haben, versprach ich mir.

Für mich einen Scotch, bitte, Quintus, in Erinnerung an einen Freund, der in Wien einem feigen Mordanschlag zum Opfer gefallen ist.

Das war nun mal auch eine Provokation. Jetzt war er wieder an der Reihe.

Er war nicht geschickt genug, denn ich sah das wütende Aufblitzen in seinen Augen. Klar, er wusste genau, von wem ich sprach.

Der Butler schlich heran (ich dachte an Martha: Was war meine Haushälterin gegen diesen Schleicher für ein Goldstück! Er hielt auch keinen Vergleich mit dem Hausgeist des Barons aus, der war nämlich echt). Er nahm von seinem Chef den Auftrag für einen Scotch mit einen Schuss Soda und einen Bourbon mit Eis entgegen.

Quintus stand auf, ging hinüber zu der Schrankwand, legte den Kopf schief, zog mit spitzen Fingern eine Plattenhülle aus einem der Fächer, in denen eine umfangreiche Plattensammlung ihren Platz hatte, hielt das Cover mir entgegen.

Aus unserer Zeit, Leo.

Scheinbar aus der Wand kam ein Plattenspieler gefahren. Er legte die Scheibe auf, startete.

Jacques Loussier. Play Bach.

So verstand Quintus es geschickt, die in der Luft hängende Spannung sich verflüchtigen zu lassen. Für den Moment.

Er setzte sich und wir hörten beide der Musik zu.

Auf einem silbernen Tablett balancierte der Butler die Gläser, stellte sie vor uns auf den niedrigen Tisch und zog sich zurück.

Quintus griff nach seinem Glas, hielt es mir entgegen, seine Lippen zu einem Lächeln verzogen, das mir schon irgendwie gemein vorkam.

Zum Wohl, Leo.

Zum Wohl, Quintus.

Da sah ich den Ring mit dem schwarzen Stein an seinem Finger. War es, wie bei meinem, schwarze Koralle? Nur ganz kurz war ich versucht, ihn danach zu fragen.

Der erste Schluck Whisky sollte auch mein einziger bleiben. Noch hielt Quintus das Glas in seiner Linken, da kam unvermittelt, wie aus dem Nichts, sein Angriff. Wenn er mich überrumpeln wollte, so misslang ihm das, da ich auf der Hut war.

Wir sollten uns über den Charon-Fonds unterhalten. Darum sei ich doch gekommen. Oder, Leo?

Ich lächelte ihn an, ohne Gnade. Woher sollte Quintus wissen, dass er mich nicht nervös machen konnte?

Seine Augen waren um Nuancen dunkler geworden. Wie habe ich mich auf die Seite der Cautio-Gegner schlagen können? Jetzt öffnete er sein Visier aber weit, erstaunlich. Er war sichtbar wütend. Einfach lächerlich, Leo. Wer auch immer gegen mich antritt, er hat keine Chance. Auch ein Leo Petermann nicht.

Warum kam er so unverfroren aus der Tarnung? Konnte er seine Wut so wenig kontrollieren? War er nur überheblich? Wollte er mich einfach an die Wand schieben?

Ich hatte keine Antwort, enthielt mich jeder Äußerung, sah ihn nur abwartend an.

Auch ich habe doch bei »Pythagoras« in erster Linie auf die Zahlen achten müssen, sagte er mit erhobenem Zeigefinger und erhobener Stimme. Wie hoch sei denn die moralische Schranke gewesen, wenn brutale Machthaber meine Software kaufen wollten, um Bodenschätze auszubeuten, die sie ihrem Volk raubten? Antworte mir, Leo! Seine Stimme war scharf, befehlend.

Ich schüttelte, ohne mein Lächeln zu verlieren, meinen Kopf. Ich wundere mich, Quintus, sei das doch eine reichlich exzentrische Sichtweise, um sich die Welt zurechtzukneten. Müsse ich es als Hochmut oder eher Bosheit verstehen, mir mit solch hinkenden Vergleichen zu kommen? Also schoss ich ihm nun vor den Bug. Gut, Quintus, ich habe auch nicht immer die direkte Linie eingehalten, auch mal fünfe gerade sein lassen, aber ich habe für den Aktienindex keine Menschen umgebracht.

Quintus zuckte nicht mal mit der Wimper, ließ sich keineswegs aus der Fassung bringen. Wer von uns beiden ist der größere Zyniker, Leo? Sag es mir! Er stieß seinen Zeigefinger in Richtung meiner Brust. Na!? Muss ich dir Grundlagen predigen? Als Verantwortlicher für den Konzern muss ich zuallererst unbedingt Sorge dafür tragen, dass die Zahlen so schwarz wie möglich sind. Und der Charon-Fonds ist ein mit Gold gepflasterter Weg, ein genialer Weg, Cautio auf Erfolgskurs zu halten.

Seine Augen waren groß, direkt auf mich gerichtet, vermieden aber exakt den Blickkontakt. Fast sah es für mich so aus, als staune er mich versonnen an.

Leise, schon mehr ein Flüstern, teilte er mir mit, dass Charon auf seinem Mist gewachsen sei.

Mist ist ein gutes Wort, dachte ich. Erwartete er sowas wie Beifall? Nein, das konnte wohl nicht sein.

Charon habe nichts mit Gefühl, aber zu hundert Prozent mit Mathematik zu tun. Er dozierte mit ruhiger Stimme. In seinem Kopf sei für Gefühle kein Platz, er sei nun mal Mathematiker, in seinem Kopf liefe ein Computer, der die Rädchen der Firma steuere. Er sah auf ein Bild hinter mir an der Wand. Sei das für mich nachvollziehbar? Wie hätte ich denn »Pythagoras« geführt, über Jahrzehnte den Dampfer auf Kurs gehalten, sag?

Quintus, wir schweifen ab. Es geht nicht darum, wie wir den Dampfer, um im Bild zu bleiben, von der Brücke aus lenken. Wir sollten darüber sprechen, nach welchem System den Charonkunden ins Jenseits geholfen wird.

Er lehnte sich zurück, schlug die Beine übereinander, rieb sich die Hände. Wir verschenken Gnade, Leo.

Hatte ich richtig gehört? Gnade? Was waren das für Worte von sibyllinischer Finsternis.

Eben die Gnade eines überraschenden, schmerzfreien Todes. Hatten unsere verstorbenen Kunden nicht alle längst Zeit, sich auf ihren letzten Trip zum Horizont vorzubereiten?

Auf einmal hatte ich einen unguten Geschmack auf der Zunge. Was die Eiseskälte betraf, war mir Quintus Heinrich um etliche Grade voraus, keine Frage.

Wie organisierst du die Gnade, Quintus?

Er winkte lässig ab. Du willst es nicht wissen, Leo.

Tatsächlich erhob er sich, ging hinüber, drehte die Platte um, deren erste Seite schon länger abgelaufen war, und kam zurück.

Er stand neben dem Tisch, sah auf mich herunter. Du schaust in die falsche Richtung, Leo. Ich muss dir doch nicht deutlich machen, dass wir, du und ich, zu einer Elite, *der* Elite zählen. Die Welt läuft so, wie wir es wollen. Die Masse muss auf dem Weg zu ihrem Glück an der Hand genommen werden. Und ich habe den natürlichen Anspruch, einer dieser Wegweiser zu sein, denn ich bin der Beste, leises Lachen, entschuldige Leo, einer der Besten.

Aber doch nicht der Wegweiser in den Tod, Quintus. Das steht dir einfach nicht zu. Steht keinem Menschen zu.

Du bist scheinheilig, Leo, sagte eine Stimme in meinem Innern, wenn auch nur leise.

Er hob seine Hände. Nicht schuldig, Euer Ehren. Ich gebe zu, dir gegenüber, dass ich meine Hände nicht in Unschuld wasche, wie ehemals Pilatus. Das geht nicht. Er pfiff leicht durch die Zähne. Du, Leo, hast dich aus dem aktiven Spiel zurückgezogen. Ich dagegen sehe es als meine Pflicht an, meinen Konzern auf der hohen Welle zu halten. Die bekannten, die ausgetretenen Wege, bringen seit der Krise nicht mehr den notwendigen Erfolg. Konzepte abseits der Norm sind das Rezept.

Er schickte mir einen dunklen Blick zu.

Alles, was denkbar ist, wird gemacht. Ist es so, Quintus?

Er schüttelte seinen Kopf. Denk über meine Worte nach, Leo, und gib mir nicht den Moralapostel.

Quintus stieß zwei Lacher aus, die wie trockener Husten klangen. Ich sei der einzige seiner ehemaligen Kommilitonen, der sich mit ihm auf dem gleichen Niveau bewege. Darum habe er mich immer im Auge behalten. Sei sogar manchmal stolz auf mich gewesen.

Auf was wollte er jetzt hinaus?

Habe ich nicht auch ständig auf Risiko gehen müssen?

Risiko ja, Quintus, nur kalkulierte ich keine Opfer in meine Rechnung ein.

Nein, er verstehe meine Sicht auf die Wirklichkeit nicht. Brauche ich Nachhilfe?

Geschenkt, Quintus. Mein leises Lachen war vom Lächeln begleitet.

Plötzlich schien er sich vor meinen Augen zu verändern, er wurde locker, sein Gesicht entkrampfte sich. War der Kampf zu Ende?

Ich glaube, meinte er, wir finden nicht die Brücke, nicht heute, auf der wir gemeinsam auf die richtige Seite des Flusses kommen. Er legte seine Finger vor der Brust zusammen. Ich mache dir einen Vorschlag, Leo: Ich lade dich in mein Jagdhaus im Odenwald ein. Auf der Pirsch lässt es sich gut, richtig entspannt miteinander reden. Du gehst doch zur Jagd?

Er erwartete gar keine Antwort. Entweder wusste er, dass ich kein Jäger war, oder aber er konnte sich nicht vorstellen, es könnte jemanden geben, der nicht freudig seiner Einladung folgte.

Seelenruhig fing er an, von seinem Revier zu erzählen, oben auf der Tromm. Als er es vor Jahren übernahm, musste er es erst einmal auf Vordermann bringen, sogar die Ansitze waren marode.

Was mache ich eigentlich noch hier?, fragte ich mich.

Ich hatte genug von Quintus, hätte gar nicht herkommen sollen. Auge in Auge, das brachte zumeist viel. In diesem Fall war es jedoch ein Reinfall. Auch darum reizte mich ein kleines Teufelchen, ihn noch mal auf Samtpfoten zu kitzeln. Mal sehen, wie er auf meinen Schuss ins Blaue reagierte.

Ist eigentlich schon irgendein Jemand auf die Idee verfallen, deine Doktorarbeit unter die Lupe zu nehmen, Quintus?

Mit seinen großen Augen sah er mich stumm an. Ich hatte ihn tatsächlich auf dem falschen Fuß erwischt.

Das ist doch im Moment sehr im Schwange, hakte ich nach.

Wolf Vöst hatte eine junge Frau aus seinem Team auf Heinrichs Doktorarbeit angesetzt. Wie sich zeigte, wie ich es auch habe voraussagen können, war alles in Ordnung, es fanden sich keine heiklen Stellen.

Ich vermochte es nicht zu unterdrücken, ihn noch einmal zu reizen. Weißt du, Quintus, Gerüchte flattern aus dem Nichts heraus und können unangenehm werden.

Er ruckte mit dem Oberkörper vor, beide Hände lagen so fest auf den Lehnen, dass die Knöchel weiß waren. Ich hatte ihn auf Siedepunkt erhitzt.

Kläre mich auf, Leo, flüsterte er, willst du mir drohen?

Du bist ein Monster, Quintus Heinrich, und ich werde dir den Garaus machen, dachte ich.

Aber, aber, Quintus, welch ein Unsinn, sagte ich, schickte meinen Worten ein dickes Lächeln hinterher.

Wir wussten beide, dass es zwischen uns keinen Draht geben konnte, nie, auch nicht auf der Jagd dort droben auf der Tromm.

Zudem hatte ich mich als Feind zu erkennen gegeben. Und das war per se gefährlich.

Ich sah das Glas, aus dem ich nur einen Schluck getrunken hatte, vor mir auf dem Tischchen stehen, schaute auf, und unsere Blicke trafen sich.

Fast synchron erhoben wir uns.

Quintus begleitete mich bis zum Aufzug. Quetschte sich ein widerliches Lächeln ins Gesicht. Unser Händedruck war ein sparsamer, machte unseren Abstand deutlich.

Im Lift, auf der linken Seite, befand sich ein Spiegel, kabinenhoch. Ich warf einen Blick hinein, nebenbei, unbewusst, und sah nicht mich, sondern Quintus Heinrich.

Schon ruckte der Lift ganz sanft, die Türen glitten lautlos auseinander und diese seltsame Vision war verschwunden.

Der wundersame Blick in den Spiegel verstärkte noch meine Vorstellung, diesen Besuch nur geträumt zu haben und zu gerne hätte ich ihn als solchen abgelegt.

34

Ein lauer Spätsommerabend. Die Türen zur Terrasse stehen offen. Ein kaum zu spürender Lufthauch streicht herein. Wie hat Hochwürden Demme mittags im Kloster vor dem Jazzfrühschoppen gesagt? Loben wir den Himmel für diese wunderbaren Tage. Diesen Worten, fast ein Gebet, ist nichts hinzuzufügen.

Ich warte auf Magdalena.

Vor mir auf dem Tisch liegt aufgeschlagen mein rotes Notizbuch, in der Hand halte ich den Füllfederhalter, um mit grüner Tinte meinen Ausflug nach Darmstadt in Worte zu fassen.

Für meine Sonnenbrillenmänner in der Limousine war die Zeit, die ich im Palais verbrachte, erheblich aufregender, als ich ahnen konnte. Ist das so, wenn man die Rechnung ohne den Wirt macht? Irgendwo auf dem Weg zur oder auch erst in Quintus' Wohnung war mein Sender plötzlich verstummt. Ein elektronisches System? Jedenfalls, ab diesem Zeitpunkt hatten sie unten nichts mehr mitbekommen, nichts davon gehört, was Quintus und ich gesprochen haben. Gerade noch bevor die vereinbarten zwei Stunden abgelaufen waren, erschien ich vor dem Palais und im Inneren des Wagens wurde tief durchgeatmet.

Kurz vor Mittag kamen Korbinian und Rup herüber. Ich hatte sie schon erwartet, also stiegen wir in meinen Wagen, der vor der Garage stand, und fuhren hinüber zum Kloster, um am Jazzfrühschoppen teilzunehmen.

Den ersten Jazzfrühschoppen haben Fritz Dessoir, Rup Falke und Xaver List organisiert. Gut, ein lupenreiner Frühschoppen wird es nicht sein, denn der Messe in der Kirche darf dieses so weltliche Event nicht Konkurrenz machen.

Das ehemalige Refektorium war gut besucht, wenn auch zu Beginn der Musik nicht alle Tische besetzt sein würden. Der Lärmpegel bewegte sich auf einem erstaunlichen Level. Als ich an einer der alleinstehenden Säulen lehnte, dachte ich an Wolf und seine Leute, die sich wieder einmal, nur wenige Meter weiter, durch diesen Auftrieb nicht stören lassen durften. Vorne auf der Bühne waren die Musiker mit den letzten Vorbereitungen beschäftigt. Ich sah den Pfarrer wie ein aufgescheuchtes Huhn herumlaufen, seine roten Bäckchen leuchteten bis zu mir herüber.

Als ich Demme so beobachtete, dachte ich an das Kloster in den Vogesen. Mit der Bibliothek für das Kimmlinger Kloster würde es nichts werden. Die Gebete der Mönche in den Vogesen wurden vom Himmel erhört. Ein anonymer Spender hat ihnen ermöglicht, den finanziellen Engpass zu schließen, ohne sich von ihrem größten Schatz trennen zu müssen.

Doch für unser Kloster ist eine neue Idee am köcheln, eine sogar realistische, so wie es ausschaut: Eine kleine Brauerei mit Lokal. Fritz Dessoir, mein Theater-Mentor, hat einen jungen Braumeister kennengelernt, hat mir von ihm erzählt, und ich habe dann über dessen Konzept mit Hochwürden Demme gesprochen, auch mit dem Baron, steht es doch außer Frage, dass wir das Projekt anschieben werden müssen, finanziell. In einigen Wochen setzen wir uns mit dem Brauer zusammen, um über seine durchgearbeiteten Pläne sprechen. Wir werden also sehen.

Korbinian, mit zwei Gläsern dunklem Bier, steuerte in Begleitung von Rup auf mich zu, ich hörte bereits Rups helle Stimme, ohne zu verstehen, was er sagte.

Für ein paar Minuten trete ich hinaus auf die Terrasse, sehe zum dunklen Bootshaus, denke an mein Segelboot.

Mein Handy summt. Paula. Sie sei seit einigen Stunden aus Rom zurück. Wollte es mir gleich mitteilen. Wir plaudern eine Weile über die ewige Stadt. Sie sagt zum Abschluss, Rom grüße mich.

Ich halte das Handy in der Hand und denke an Magdalena. Wo bleibt sie nur?

35

Martha hatte ihren berühmten Streuselkuchen gebacken. In handliche Teilchen geschnitten, war er appetitlich auf eine gläserne Platte geschichtet. Die Kanne Kaffee stand auf einem Stövchen, auf einem zweiten eine Kanne Tee. Der Tisch im Speisezimmer war für fünf Personen gedeckt.

Draußen war es diesig. Ich hatte zum ersten Mal in diesem Jahr Feuer im Kamin gemacht. Es war eine gemütliche Atmosphäre für unser entscheidendes Treffen.

Eugen von Blauberg, Werner Brandscheid, Wolf Vöst, Moritz Stauffer und ich saßen um den Tisch. Der Kaffee, der Tee waren eingeschenkt. Wir konnten beginnen.

Zusammen mit Wolf hatte ich ein Memorandum verfasst, das ich jedem der Anwesenden persönlich oder per Boten hatte zukommen lassen. In ihm war in knappen Sätzen unser Vorgehen zusammengefasst. Wir hatten nur noch diese letzte Gelegenheit zur Diskussion, allerdings nicht mehr um Grundsätzliches.

Auch wenn wir uns an keinem Punkt noch einmal richtig festsaugten, sammelte sich die Zeit doch an, bevor ich die Kampagne dann absegnete. Alles war zum letzten Mal auf unser anvisiertes Ziel hin abgeklopft. Kein möglicher Denkfehler sollte uns einen Strich durch die Rechnung machen, wo wir ohnehin auf sehr hohem Seil balancierten. Wenn wir uns die Finger verbrannten, saßen wir nämlich ziemlich tief in der Tinte.

Zum Schluss wischte der Baron alle Bedenken zur Seite. I wo, Freunde, rief er, nur keine Angst, wir sind die Guten und die gewinnen immer.

Alle lachten und so löste sich die Spannung, zumindest für den Moment.

Zwei Tage nach dem Meeting in meinem Haus betraten wir den Kriegspfad gegen Cautio und den Charon-Fonds, und ich ganz speziell auch gegen Quintus Heinrich, der für die meisten Menschen ja ein völlig Unbekannter war.

Die Initialzündung war im übertragenen Sinn ein doppelter Mausklick von Wolf Vöst. Damit übertrug er unser erstes Datenpaket ins Netz. Wir jagen es von Provider zu Provider rund um die Welt, hat er uns gesagt, und niemand vermag nachzuweisen, wo die eigentliche Quelle sitzt.

Empfänger unserer brisanten Sammlung waren ausgewählte investigative Journalisten europaweit, Aufsichtsräte der Cautio-Gruppe, einflussreiche Politiker aller Parteien in Berlin, hohe Köpfe in Brüssel, Regierungsstellen in ganz Europa.

Unsere konzertierte Aktion zeigte tatsächlich Wirkung. Wie ein unsichtbares Netz legten sich unsere Anschuldigungen als dunkle Flecken auf das bisher als solches verkaufte saubere Image von Cautio. Noch stellte sich die Situation so dar, dass Cautio weiterhin alle Möglichkeiten blieben, um das Gesicht zu wahren. Erst wenn keine positiven Rückmeldungen aus dem Versicherungskonzern zu erkennen sein würden, könnten wir nach und nach den Druck erhöhen. Wir glaubten noch fest daran, genügend Munition gelagert zu haben, um Cautio zwingen zu können, den Charon-Fonds zu liquidieren.

Die erste Runde lief praktisch noch unter Ausschluss der Öffentlichkeit ab. Erst der nächste Schuss zielte auch auf die öffentliche Meinung. Nun spielten wir den Fernsehanstalten einen kurzen Film zu, der Heinrich mit einem EU-Kommissar und einem Staatssekretär des Wirtschaftsministeriums in Berlin zeigte. Was gesprochen wurde, übersetzte eine Stimme aus dem Off. Wir hatten eine Frau gefunden, die sich perfekt auf das Lippenlesen verstand. Von ihr hatten wir den Wortlaut. Die drei Herren sprachen über den Charon-Fonds. Mit diesem Film war uns ein Goldbrocken in den Schoß gefallen.

Danach legten wir eine Pause ein, warteten geduldig auf Reaktionen.

Moritz Stauffer war es, der über seine Kanäle erfuhr, dass hinter den Kulissen offenbar die Demontage des Vorstandsvorsitzenden von Cautio im Gange war. Der Aufsichtsrat war außer sich, forderte Aufklärung.

Auch die Medien, gerade die von uns nicht bedienten, stellten Fragen. Wie: Wer steckt hinter der Kampagne, die dabei ist, sich selbstständig zu machen, sich zum veritablen Skandal ausweitet? Der europaweite Marktplatz war die Zange, mit der wir die Verantwortlichen für den Charon-Fonds zu zwicken gedachten. Wie eine Naturgewalt rollten die Wellen, die unser Wind bewegte, an das breite Ufer der Öffentlichkeit. Sehr nervös reagierte die Politik, alle rannten durcheinander, ohne zu wissen, wohin und warum überhaupt. Dieser Angriff aus dem Dunkel war so ungewöhnlich wie überraschend. Die üblichen Schutzschilde hochzureißen, alles wegzureden, dafür war es längst zu spät.

Unser Gegner, die Cautio-Gruppe, hatte sich hinter einer dicken Mauer des Schweigens verschanzt. Nichts rührte sich dort.

Quintus hatte gute Nerven. Dabei schrumpfte unser Munitionslager, das Dilemma für uns war bereits abzusehen. Also entschlossen wir uns, richtig hinzulangen.

Schritt für Schritt, damit es niemand missverstehen konnte, schlüsselten wir das Organigramm des Todes auf. Zeichneten nach, wie das Milliardenspiel ablief, so diskret wie gnadenlos. Zeigten, wie die riesigen Geldbeträge in anonymen Stiftungen versteckt wurden, der goldene Strom durch verzweigte Kanäle über den gesamten Globus gepumpt wurde. Die Finanzjongleure brauchten sich keine schlaflosen Nächte zu machen, ihre Zaubereien könnten aufgedeckt werden. Neugierige, die den Machenschaften vielleicht nachschnüffelten, bekamen keine Chance, die Tarnung war zu perfekt. Welchen Aufwand hatten wir betrieben und wie lange hatte es gebraucht, bis der Weg in die Festung frei vor uns lag?

Wenn das finstere Imperium nicht einlenkte, steckten wir in einer Zwickmühle fest, dann gingen uns die Steine aus.

36

Nach nur wenigen Tagen hatte unsere kleine Armee ihr Pulver verschossen. Heinrichs Truppen hatten dem Druck ungerührt Stand gehalten. Das Wasser auf dem See der öffentlichen Meinung war wieder spiegelglatt. Der Sturm hatte sich ein anderes Ziel gesucht. Die Menschen wollten unterhalten werden, nicht mit dem gelangweilt, das sie noch kurz zuvor aufregte.

War da überhaupt etwas gewesen?

Ich saß auf der Terrasse oder bei Magdalena auf dem Sofa, spielte Schach mit Korbinian, besuchte meine Nachbarn auf dem Kastlerhof, beschäftigte mich mit meiner Kunstsammlung. Nur schreiben konnte ich nicht, da meine grauen Zellen die ganze Zeit nach einer Möglichkeit suchten, Quintus elegant aus dem Weg zu räumen, bevor er mir zuvorkommen konnte.

Und das wäre ihm tatsächlich um ein Haar gelungen. So sah es zumindest aus.

Ich arbeite gebückt in meinem Rosengarten, habe einen Korb neben mir stehen, um die braunen Blüten und Blätter, die ich von den Stöcken abtrenne, darin zu sammeln.

In meinem Rücken fragt plötzlich eine Stimme in gebrochenem Deutsch, ob ich der Gärtner sei?

Ich richte mich auf, sehe zurück. Der untersetzte Mann mit Schirmmütze und dunkler Jacke hält eine Pistole in der Hand, in der anderen ein Foto.

Nein, ich sei doch der Hausherr, meint er, und ist offensichtlich erfreut über seine Erkenntnis. Ob ich so nett sei, ihm ins Haus vorauszugehen?

Wenn nicht?

Vielsagend schaut er seine Waffe an.

Also verlasse ich die Rosen, gehe über die Terrasse ihm voraus.

Der Mann ist Quintus' Antwort, da bin ich mir sicher. Ist er einer aus Charons Killerheer? Hat er den Auftrag, mich den gleichen Weg gehen zu lassen wie Rainer?

Vor dem Kamin bleibe ich stehen, wende mich dem ungebetenen Besucher zu. Die Pistole zeigt auf mich, das Foto ist verschwunden, dafür hält er mir seine offene Hand hin, in der eine runde, weiße Tablette liegt.

Nehmen, bitte, fordert er mich auf.

Freundlich sehe ich ihn an, mache zwei Schritte zu ihm hin, greife mit Daumen und Zeigefinger nach dem weißen Ding, schüttle den Kopf, nein, ich werde sie nicht schlucken. Er muss mich erschießen.

Die Augen des Mannes staunen mich an.

Wir stehen uns stumm gegenüber.

Auf was warten wir?

Auf Korbinian.

Er erscheint auf einmal in der Tür, hält eine doppelläufige Schrotflinte auf den Fremden gerichtet.

Weg mit der Pistole, sofort, knurrt Korbinian böse. So streng habe ich ihn noch nicht erlebt.

Der Fremde schaut verblüfft und lässt die Waffe einfach fallen. Sie landet vor seinem linken Fuß auf dem Teppich.

Polizei, Herr Doktor? Korbinian blickt mich fragend an.

Nein, keine Polizei, Korbinian.

Ich bedeute dem Mann, sich zu setzen. Er bewegt sich jetzt wie eine Marionette, sein Blick ist starr, alle Farbe ist ihm aus dem Gesicht gewichen.

Es dauert, bis wir ihm eine Geschichte entlocken, die womöglich wahr sein kann.

Er stammt aus Rumänien. Schlägt sich mit Gelegenheitsarbeiten und auch dubiosen Unternehmungen durch. Von einem Unbekannten, den er am Abend nahe dem Hauptbahnhof wieder treffen soll, um zu berichten, hat er die Pistole, die Tablette, ein Foto, die Beschreibung des Hauses, das sein Ziel war, und eine Fahrkarte erhalten. Ihm wurde gesagt, er solle warten, bis der Mann von dem Foto nach dem Schlucken der Tablette eingeschlafen sei, dann das Haus verlassen und mit dem nächsten Zug nach München zurückfahren.

Ich glaube ihm, nehme ihm ab, dass er nicht wusste, dass die Tablette mich ins Jenseits schicken sollte (die Tablette werde ich in einem Labor untersuchen lassen). Seine Pistole war nicht geladen.

Zusammen mit Korbinian bringe ich den Mann zum Bahnhof. Ich stelle ihm frei, seinem Auftraggeber zu sagen, wie sein Besuch tatsächlich abgelaufen ist oder ihm weiszumachen, ich hätte die Tablette geschluckt und sei auf die Couch gesunken.

Wir sahen dem Zug nach.

Korbinian war von Martha angerufen worden, als sie von meinem Schlafzimmerfenster aus den Mann mit der Pistole gesehen hat. Da war er mit seiner Flinte schon unterwegs gewesen, denn kurz davor war der Alarm von Rup gekommen, er habe gesehen, wie ein Mann bei mir über den Zaun steige.

Nein, Korbinian, ich mache aus meinem Haus keine Festung, beschneide mir nicht meine Freiheit. Verlasse mich ganz auf meine Freunde, aufmerksame Nachbarn und mich selbst.

Gerade schloss sich vor mir die Garagentür, als sich mein Handy meldete. Die unmittelbaren Folgen dieses Anrufs sollten die Karten noch einmal neu mischen.

Eine mir unbekannte Männerstimme teilte mir mit, ohne einen Gruß zuvor, morgen früh um zehn Uhr gäbe es die versprochene Führung im Lenbachhaus.

Das war der Code, den Ansgar Welz und ich vereinbart hatten, sollte eine zu übermittelnde Nachricht zu brisant sein, um sie dem Telefon, einer SMS oder einer Mail anzuvertrauen.

Was konnte der junge Politiker, der während unseres Angriffs auf Cautio tapfer und klug seinen Mann gestanden hatte, mir von solcher Wichtigkeit wohl sagen?

Einige Stunden später rief mich, welch eine Überraschung (!), Quintus Heinrich an.

Er nannte keinen Namen, sagte, er freue sich, mich gesund und munter zu hören.

Sollte es mir nicht gut gehen?

Er könne sich gut vorstellen, dass mir ein Arzt eine Tablette verabreiche, da ich an Vergesslichkeit leide.

Seltsamer Scherz, Quintus.

Ein eisiges Zischen ließ mich kurz das Handy vom Ohr wegnehmen.

Nur einen Schrecken habe er mir einjagen wollen, nachdem ich so auf die Pauke gehauen habe.

Habe ich das?

Wer sonst sollte ihm hineinpfuschen wollen?

Damit war der Anruf abrupt beendet.

Vom Königsplatz aus hatte das Lenbachhaus ein neues Gesicht. Was ich sah, gefiel mir, war gut gemacht.

Das Eingangsatrium begrüßte den Besucher mit Großzügigkeit und optischen Überraschungen. Die Umgestaltung schien mir so, auf den ersten Blick hin, sehr gelungen.

Ich löste an der Kasse eine Karte, stieg die Treppe hinauf, schlenderte durch die Joseph-Beuys-Räume. Seine *Kunst* interessierte mich nicht die Bohne, dennoch sah ich mir die Sammlung immer wieder mal an, um mich ob der genial frechen Verarsche königlich zu amüsieren.

Pünktlich betrat ich die Blaue-Reiter-Ausstellung einen Stock höher. Nun war ich aufmerksam, darauf gefasst, unverhofft angesprochen zu werden. Meine Augen pickten sich unter den Besuchern in jedem Raum, den ich betrat, einen Kandidaten heraus, der als Nachrichtenüberbringer in Frage kommen könnte.

Dann war es der junge Mann, den ich schon im Visier, aber wieder abgehakt hatte. Geschickt, en passant, tauchte er neben mir vor einem Münter-Gemälde auf, als sich niemand in unserer Nähe aufhielt.

Er fragte mich nach meinem Vornamen.

Leo.

Fragte mich nach dem Vornamen dessen, der ihn geschickt hatte.

Ansgar.

Ohne mich anzusehen, sprach er zum Bild hin.

OH hat einen Herzschrittmacher. Ist gesundheitlich angeschlagen. Nannte Klinik und Arzt.

Ist dies sicher bestätigt?

Der Bote lächelte, schüttelte den Kopf. Dazu könne er nichts sagen. Er drehte sich zur Seite und ging ohne Eile hinüber in den nächsten Raum.

Ich setzte mich ins Restaurant »Ella«, das nach Gabriele Münters Kosenamen benannt war, trank einen Cappuccino und dachte nach.

Quintus hatte nicht gesund ausgesehen. Das war richtig. Allerdings hatte ich ja keinen Vergleich. Möglicherweise sah er seit

Jahren so kränklich aus, wer weiß? War diese Information genau das, auf das ich wartete? Die wichtigste Frage: Was konnte ich damit anfangen?

Beim Stichwort Herzschrittmacher stand mir natürlich das schöne Gesicht Paulas sofort vor Augen.

Sollte ich sie anrufen?

Noch zögerte ich. Würde sie mich nicht sofort an meinen versprochenen jährlichen Termin bei Professor Winkler in Schwabing erinnern? Und dafür hatte ich momentan wirklich keine Zeit. Doch Paula würde keine Ablehnung akzeptieren. Dieser virtuelle Termin in der Schwabinger Klinik machte mir, ob ich das akzeptierte oder nicht, deutlich, wie schnell die Zeit verging. Ich meinte den Fahrtwind zu spüren in Richtung Tod, der immer näher kam. Ich schien ihm fast entgegenzufliegen.

Mit diesen Gedanken saß ich unter den lebhaften Gästen des Cafés.

Ich entschloss mich spontan zum Anruf bei Paula.

Nur kurz darauf stieg ich in meinen Wagen und war unterwegs nach Martinsried.

Wir trafen uns nicht zum ersten Mal auf dem Parkplatz des Instituts. Ich sah sie schon, als ich von der Straße her einbog. Sie war ganz in Weiß gekleidet. Schaute ungeheuer attraktiv aus.

Ich ging ihr entgegen. Wir umarmten uns, sie küsste mich zart auf den Mund.

Gleich wollte sie wissen, um was es gehe, ich habe so geheimnisvoll geklungen.

Setzen wir uns in den Wagen oder gehen wir ein paar Schritte, Paula?

Sie entschied sich für die Bewegung; sie würde uns beiden gut tun.

Schon nach wenigen Metern, noch im Bereich des Parkplatzes, schilderte ich ihr, auf was es mir ankam.

Zwischen ihren schwarzen Augenbrauen hatte sich die steile Falte gebildet, die ich so gut kannte.

Du brauchst einen Herzschrittmacher, Leo?

Die Frage hatte ich vorausgeahnt, lachte sie weg, legte meine Hand beruhigend auf ihren Arm.

Paula schien sich zu entspannen.

Es hat einen völlig anderen Grund, aus dem ich frage, Paula. Sag mir bitte alles, was du ad hoc über Herzschrittmacher weißt.

Ihre Augen leuchteten wieder. Wir waren am Anfang einer ruhigen Seitenstraße, als sie zu dozieren begann.

Während sie sprach, machte ich mir gedankliche Notizen zur unmittelbaren Nachfrage.

Ihr exklusiver medizinischer Vortrag dauerte ein kleines Straßenviertel.

Wir kamen zurück zum Parkplatz, standen in der Nähe meines Wagens.

Paula hatte alle meine Fragen detailliert beantwortet.

Ein kurzer Blick auf die Uhr sagte ihr, dass die Arbeit nach ihr rief.

Ich reichte Paula die Tablette meines rumänischen Überraschungsgastes und bat sie, das weiße Dings mal genau unter die Lupe zu nehmen.

Muss sie da was wissen?

Nein, Paula. Sag mir nur bitte, was mit dieser Tablette los ist.

Ich zog sie an mich, küsste sie auf die Wange. Sie legte ihre Arme um meinen Nacken.

Vielleicht würde ich ihr ja irgendwann reinen Wein einschenken, flüsterte sie mir ins Ohr.

Vielleicht, Paula.

Wir lächelten uns an.

37

Nach meiner Rückkehr aus München traf ich mich in der Klosterallee mit Wolf Vöst, der, wie Paula vorhin, sich bei dieser Gelegenheit die Füße etwas vertreten wollte. Ich gab an ihn weiter, was mir Ansgar Welz hatte ausrichten lassen.

Wolf versprach, sich unmittelbar darum zu kümmern, zu versuchen, die Nachrichten aus Berlin zu bestätigen.

Schon zwei Tage später präsentierte Wolf mir die gesamte Krankenakte von Quintus Heinrich mit allen Details. Und als zusätzliches Zuckerl eine Reihe Hinweise darauf, dass Quintus viel Zeit, ziemlich sicher jedes Wochenende, in seinem strikt abgeschirmten Jagdhaus im Odenwald verbringe.

Mein im Kopf fertiger Plan stand damit auf beinahe sicheren Füßen.

Beinahe?

Zunächst musste ich Gerald Asam besuchen, um ihn zu bitten, besser, ihn davon zu überzeugen, mir mit seiner Begabung einen großen Gefallen zu tun.

Im Labor von »Pythagoras« war Asam der einzige Nichtstudierte, allerdings ein genialer Bastler gewesen. Er hatte auf jedes technische Problem eine Antwort, es wurde ihm nachgesagt, es gäbe nichts, was er nicht zusammenzubauen vermöge.

Seit etlichen Jahren befand sich Asam im Ruhestand. Es gab ihn noch, was sich hatte ohne Schwierigkeiten feststellen lassen. Er war mit Anschrift im Münchner Telefonbuch verzeichnet, wohnte in Giesing.

Auf dem Stadtplan, den ich zu Rate zog, sah alles ganz einfach aus. Doch dann lief ich in der Nachbarschaft des 60er-Stadions herum, suchte die Adresse mit Hilfe meines Smartphones, fand sie schließlich am Ende eines schmalen Durchgangs in einem Hinterhof, in dessen Mitte ein dürrer Baum sein Leben fristete.

Vor der Backsteinwand einer Werkstatt, ein vor Schmutz blindes Fenster im Rücken, hatte es sich Asam bequem gemacht, rauchte eine filterlose Zigarette, hielt in der anderen Hand eine Bierflasche. Eine wahre Giesinger Idylle.

Asam sah genauso aus, wie ich ihn in Erinnerung hatte.

Als ich im gepflasterten Hof auf ihn zukam, blickte er hoch, ein sichtbares Staunen stand auf seinem runden Gesicht, er sprang auf, strahlte mich an wie den Weihnachtsmann. Er stellte die Flasche auf die Bank, damit wir uns ausgiebig die Hand schütteln konnten. Irgendwie hatte ich den Eindruck, dass er mich gerne umarmt hätte, natürlich undenkbar, war ich doch für ihn immer noch der *große Boss*, wie er mich zu nennen pflegte, liefen wir uns in der Firma mal über den Weg, was selten genug vorkam. Allerdings hatten wir beide immer ein gewisses Faible für einander gehabt.

Asam lebte alleine, sein Lebenselixier war seine Werkstatt. Er erzählte, für das ganze Viertel sei er oft der letzte technische Rettungsanker, wenn irgendwo bei irgendwem Not am Mann sei. Sein Gesicht leuchtete vor Stolz, als er das schilderte.

Er trat die Zigarette mit dem Schuh aus, nahm einen Schluck aus der Flasche. Seit letzter Nacht, sagte er wie zu sich selbst, verfolge ihn ein Traum, über den er mit niemandem habe sprechen können.

Aber jetzt mit mir? Ich nickte ihm zu.

Im Traum seien seine Haferlschuhe alleine durch die Stadt gelaufen. Alles hat er gekannt, jedes Viertel, jeden Platz, jede Straße, jedes Haus. Er sah mich fragend an. Ein Sinnbild der Einsamkeit oder die Vorschau auf seinen nahen Tod? Ein Symbol allemal oder?

Ich lächelte ihn an. Ganz einfach, Asam, nur ein Traum. Das Unbewusste foppt uns manchmal.

So einfach, *großer Boss*?

So einfach, Asam.

Da lachte er herzhaft. Es sei ihm jetzt wirklich wohler. Der Traum habe ihm regelrecht auf der Brust gesessen. Er zündete sich eine neue Zigarette an. Wie nebenbei fragte er, ob es dem *großen Boss* gut gehe? Er habe gehört, dass er sich bei »Pythagoras« ausgeklinkt habe.

Mein versonnenes Lächeln schien ihm zu gefallen, auch meine

Erklärung, ich sei zu einem Landei mutiert. Ich malte ihm die Idylle vom Leben am See. Ließ dabei locker einfließen, was ich mir von ihm erhoffte. Die Worte marschierten mir silbern wie Zinnsoldaten über die Lippen.

Wie ich auf Zinnsoldaten komme?

Ganz einfach. Von seinem Abschied in den Ruhestand wusste ich, dass er Sammler von Zinnsoldaten war. Darum hatte ich ihm eine kleine Holzkiste mit Objekten seiner Begierde, lauter Raritäten, mitgebracht, stellte sie ihm auf die Oberschenkel, nachdem er zugesagt hatte, meinen Wunsch zu erfüllen.

Wann, *großer Boss*?

Vorgestern, Asam.

So eilig ist's?

Noch eiliger.

Welch eine Geschichte! Er schien zu überlegen. Drei Tage? Geht in Ordnung, Asam.

Zum Abschied ein fester Händedruck.

38

Wir lauschen einem Violinkonzert, das uns Anne-Sophie Mutter auf einer CD spielt. Magdalena und ich liegen auf der Couch, nur unsere Fingerspitzen berühren sich. Zu unseren Köpfen flackert ganz sachte das gelbliche Licht einer Kerze. Vor den hohen Terrassentüren erscheint uns die frühe Nacht blau, tintenfarben.

Dieser goldene Oktobertag, ein schöner, ein besonderer Tag, wird uns in Erinnerung bleiben.

Am Vormittag hatte Magdalena mein Segelboot getauft; auf ihren Namen.

Nach einem Glas Dom Pérignon gingen wir an Bord der *Magdalena* und starteten unter Käpt'n Voglmeier zur Jungfernfahrt, flogen vor dem Wind über die Weiten des Sees.

Als wir den Bootsbauer wieder am Steg seiner Werft absetzten, zeigte er mit dem breiten Grinsen eines Honigkuchenpferdes seine Zufriedenheit mit seiner Arbeit ganz offen. Hatte er doch ein wunderschönes Boot gebaut, dessen Maße nach den ewigen Gesetzen des Goldenen Schnitts eine optische Harmonie für das Auge darboten.

Magdalena und ich stachen wieder in See, hatten längst nicht genug von diesem sinnlichen Gefühl der Freiheit, dieser hörbaren Ruhe, dem sanften Rauschen des Wassers, dem leisen Knattern der Segel im Wind. Wir waren wie die Kinder, lachten, freuten uns zusammen an dem schönen Abenteuer auf dem Segelboot.

Weshalb nur bin ich so lange nicht gesegelt?

Während wir auf der Couch ruhen, Musik hören, liegt die *Magdalena* im Bootshaus unten am Rande des Schilfgürtels.

Am frühen Nachmittag hatte mich Paula angerufen, um mir zu sagen, was es mit der Tablette auf sich hatte. Reiner Traubenzucker. Ganz harmlos. Also wollte Quintus mir tatsächlich nur einen Schrecken einjagen.

Uns umgibt Stille. Anne-Sophie Mutter hat ihre Violine weggelegt. Ich spüre die warme Nähe der schönen Frau neben mir. Ich fühle mich gut.

Ist das Liebe?

Ich weiß, Magdalena ist eine Geberin der Liebe, meine Diotima der Liebe.

Aus der Ferne hören wir die Kirchenglocken von Kimmling. Irgendwo bellt ein einsamer Hund den halben Mond an.

39

Mit Magdalenas buntem Hippiebus machten wir uns auf den Weg nach Norden. Unser Ziel war der Odenwald. Unser wichtigster Proviant an Bord: eine große Tüte Himbeerbonbons.

Als mir Quintus sagte, wo sein Jagdrevier lag, fiel mir auf der Stelle mein Vetter Arthur ein, der in Kirchhausen lebt, das an der Siegfriedstraße liegt. Also, ich musste mir einen ganz alltäglichen, somit vor allem glaubhaften Grund überlegen, um ihn ausgerechnet jetzt, nach so vielen Jahren zu besuchen. Eine gute Erklärung wäre sicher, nun erst die Muse für diesen Besuch zu haben. Doch das reichte mir nicht, um als wirkliches Alibi zu dienen. Lange musste ich wirklich nicht grübeln, lag doch die praktische Ausrede so auf der Hand, führte Arthur als Raumausstatter und Polsterer-Meister zudem ein unter Kennern weitbekanntes Antiquitätengeschäft.

Zur richtigen Zeit griff ich zum Telefon. Arthur freute sich mächtig. Aber sicher habe er alte Schränke, ein ganzes Lager voll, ich müsse nur kommen und meine Wahl treffen. Ich werde kommen, Arthur, versprach ich, sogar demnächst schon.

Den Schrank werde ich dem Kloster schenken, quasi als Mietzins für die Räume, in denen Wolf Vöst und seine Mannschaft vor den Augen der Öffentlichkeit verborgen arbeiteten.

Ich erzählte Magdalena von Arthur Raabe, spann die alten Geschichten von unseren Sommerwochen in den Vogesen. In der Erinnerung war es eine kleine Zeitreise.

Der Fahrerin des bunten Busses, nicht nur ihr, auch mir selbst, wollte ich erklären, warum Arthur und ich uns nur sporadisch zu Familienfesten, später zu Beerdigungen, wie der von Onkel Hans, und dann gar nicht mehr sahen.

Die Himbeerbonbons schmeckten zu gut, wurden uns zur Sucht, bis der Gaumen zu glühen begann.

Um die Mittagszeit verließen wir die Autobahn, aßen in einem Landgasthof im Irgendwo sehr gut, spazierten eine Runde um den in der Nähe liegenden kleinen, romantischen See.

Die reduzierte Geschwindigkeit des Oldiebusses und unsere Pausen addierten sich zu einer Fahrtzeit von fast sieben Stunden.

Erst als wir bei Heppenheim in die Ausfahrt bogen, trat Arthur wieder als Thema in den Vordergrund.

Was wusste ich von dem Vetter von heute? Eigentlich nur, dass er auch Schränke verkaufte, von denen ich einen holen kam, um mich dahinter zu verstecken.

Am Vortag, zum frühen Abend hin, habe ich Arthurs Nummer gewählt, um unser Kommen zu bestätigen. Es dauerte etwas, ich war beinahe schon versucht, aufzulegen, da meldete sich seine Mutter, meine Tante Klara. Auch sie habe ich so lange nicht gesehen, dass mir nur noch ihr Bild von damals greifbar war.

Unser Gespräch ist eigentlich ein Monolog Tante Klaras.

Arthur ist zu einer Ausstellung in Frankfurt. Wird wohl erst in der Nacht zurück sein. Sie bewacht Haus und Hof, wohnt im gleichen Haus wie der Sohn, arbeitet, wird sie gebraucht, sie ist ja gelernte Schneiderin, in der Werkstatt mit. Ja, Arthur ist oft unterwegs: zu Messen, Versteigerungen, Besichtigungen, zu Kunden. Nein, leider, verheiratet sei Arthur nicht, sie habe sich abgefunden, keine Großmutter zu sein, zweimal verlobt war er, sei ein zufriedener Junggeselle, soweit eine Mutter das zu beurteilen vermöge. Sie freut sich darauf, mich zu sehen, sagt Tante Klara. Gute Nacht, Leo.

Gegenüber der Kirche bestimmte das restaurierte Fachwerkhaus mit das Gesicht des Platzes. In dem Haus hatte ebenerdig eine Bank ihre Räume. Gleich davor war eine Bushaltestelle mit Wartehäuschen. Das Tor zum Hof stand offen. Magdalena kannte da nichts, steuerte die Durchfahrt an, rollte in den Hof, lenkte den Bus neben einen runden Ziehbrunnen, der mit einem schmiedeeisernen Gitter gesichert war, bremste, stellte den Motor ab.

Wir blieben erst einmal sitzen, ließen unsere Augen um den Hof wandern, und warteten ab, ob sich Arthur zeigen würde.

Das drei Stock hohe Hinterhaus war ebenfalls ein malerisches Fachwerkhaus. Rechts davon wurde der Hof von einem flachen Gebäude abgeschlossen, linker Hand verband ein zweistöckiger Bau Vorder- mit Hinterhaus.

Zufällig sah ich in dem Augenblick in den Außenspiegel, in dem sich die grüne Tür des flachen Gebäudes auftat, ein Mann heraustrat und herübersah. Arthur? Er musste es sein. Ich meinte, in dem Mann noch immer den Jungen zu erkennen, mit dem ich einige Sommer verbracht hatte.

Ich kletterte aus dem Bus, blieb daneben stehen, sah dem Mann entgegen, der Arthur war, auf dessen Gesicht ein stummes Lachen lag. Auf den letzten Metern, die uns noch trennten, versuchten unsere Augen die Jahrzehnte zu überbrücken, und es gelang uns so gut, um uns ohne Zögern zu umarmen und auf den Rücken zu klopfen.

Auch Magdalena hatte den Bus verlassen, sah mit verschränkten Armen zu, wie zwei ältere Männer ihre Fremdheit mit burschikos guter Laune zu kaschieren suchten.

Arthur reichte Magdalena die Hand, machte eine Verbeugung.

Wie war die Fahrt?

Lang.

Dann hätten wir ganz bestimmt Durst, beschied Arthur, zeigte zum Hinterhaus, ging uns voraus.

Unten wohne die Mutter, oben sei sein Reich, erklärte der Hausherr.

Arthur hatte seine Wohnung ganz nach seinen Vorstellungen, nach seinem Geschmack, ohne Blick auf die Kosten, eingerichtet. Schon mit dem Treppengeländer ging es los, war doch die Kunstschmiedearbeit wahre Handwerkskunst, auch wenn sie mir nicht gefiel. Alle Möbel waren durchweg Antiquitäten. Ich verstand stilistisch zu wenig davon, hatte mir seine wortreichen Anmerkungen nicht gemerkt. Die alten Holzbohlen bedeckten erlesene dicke Teppiche, die unsere Schritte unhörbar machten. In der geräumigen Diele hatte er seine so umfangreiche wie wertvolle Porzellansammlung in schönen Bauernschränken untergebracht. Stühle, Sessel, Chaiselongue, Sofa hatten gedrechselte Füße und Lehnen, waren mit Samt, Seide oder Brokat bezogen, auch die schweren Vorhänge waren aus den gleichen Stoffen.

Als wir in der hochmodernen Küche Apfelsaft tranken, stand auf einmal die Tante in der Tür. Sie war klein geworden und schneeweiß. Vom ersten Moment an schloss sie Magdalena in ihr Herz.

Plötzlich waren Arthur und ich alleine.

Ob ich was Geistiges trinken wolle, fragte mein Vetter mit spitzbübischem Grinsen. Himbeergeist von einem Schwarzbrenner aus dem Ort.

Aus einem der Schränke holte Arthur eine Flasche ohne Etikett und zwei Gläser, führte mich auf den großen Balkon hinaus. Wir verwöhnten Zunge und Gaumen mit dem feinen, harmonischen Brand, den Arthur einen Gruß des letzten Sommers nannte.

Sein Glas in der Hand zeigte er hinüber zu dem bewaldeten Hügel mit den eingestreuten grauen Felsen.

Wenn Erich auf seiner Trompete bläst, kommt das Echo zurück, erklärte Arthur.

Erich?

Der Nachbar. Er werde ihn bitten, sein Kunststück vorzuführen, solange wir im Lande seien.

Wir tranken noch ein Gläschen. Arthur kam ins Erzählen.

Er hat eine Reihe wohlhabender Kunden, die seine Arbeit zu schätzen wissen, seine gesalzenen Rechnungen prompt begleichen. Er kann sich die lukrativsten Aufträge aussuchen. Zufriedene Flüsterpropaganda ist seine beste Reklame. Auf diesem Wege ergeben sich immer wieder Möglichkeiten, an alte Möbel zu kommen, die er restauriert und danach erst entscheidet, ob er das gute Stück für sich reserviert oder teuer weiterreicht.

Als Arthur mein Glas zum dritten Mal füllen wollte, zog ich es lächelnd weg.

Er lachte. Wollen wir nach den Damen sehen, Leo, und dann gut essen gehen?

So sei es, Arthur.

40

Arthur Raabe hatte angeboten, mitzukommen, kenne er sich doch blind aus in den Höhen des Odenwaldes.

Danke, nein, Arthur, lautete die freundliche, aber bestimmte Antwort.

Was bringe ihn eigentlich in den Odenwald?

Er wolle dort einen Schlussstrich unter eine alte Geschichte ziehen.

Arthur, dem diese Worte womöglich ein amouröses Abenteuer vorgaukelten, zwinkerte ihm verständnisvoll zu. Mit Rätseln solcher Art wisse er nicht viel anzufangen, wünsche ihm eine gute Fahrt.

Seit einer guten Stunde stand er nun am Waldrand, wenige Meter hinter ihm ein mächtiger Ameisenhügel, was auf einen gesunden Wald hindeutete, wie er sich erinnerte, irgendwo gelesen zu haben.

Mit dem Fernglas holte er sich die Aussicht nahe heran. Nichts tat sich drüben auf dem flachen Waldhügel, nichts deutete darauf hin, dass sich dort überhaupt Menschen aufhielten. Dennoch hatte er keine Zweifel, an der richtigen Stelle zu sein, auch nicht, dass dort Menschen waren.

Im Schatten der Bäume war er so gut wie unsichtbar, beobachtete die Gegend aufmerksam, schälte hin und wieder eine der gesammelten dunkelbraunen Esskastanien, steckte die abgezogene lederartige Haut in seine Jackentasche, schmeckte mit der Kastanie auch Erinnerungen.

Wieder warf er einen schnellen Blick auf seine Uhr. Die Zeiger näherten sich dem selbstgesteckten Limit.

Er setzte den Rucksack ab, stellte ihn zwischen seine Füße, zog den Reißverschluss auf, seine Hand suchte kurz im Innern, kam mit einem silbergrauen Kästchen, nur wenig größer als eine Zigarettenschachtel, wieder zum Vorschein. Noch gebückt sah er hinüber zum Wald, schloss den Rucksack, richtete sich auf. An einem grauen Knubbel zog er eine vielleicht dreißig Zentimeter lange Antenne aus dem Kästchen, richtete sie auf den Waldbuckel gegenüber aus.

Seine Augen prüften aufmerksam die Umgebung.

Tua culpa, Quintus.

Er drückte den gelben Knopf an der Schmalseite. Nach zwei Minuten nahm er den Finger wieder weg, wartete exakt fünf Minuten, bevor er den gelben Knopf noch einmal drückte, für zwei Minuten.

Warum war der Knopf nicht rot? Warum gelb? Die Fragen würden ohne Antwort bleiben.

Warten.

Er schob die Antenne zurück, ließ das Kästchen in seiner Anoraktasche verschwinden, nahm den Rucksack hoch, setzte ihn auf.

Dann sah er den Vogel über dem Tal, einen Habicht, der schwerelos im Aufwind schwebte. War er gekommen, um eine schwarze Seele über den Styx zu tragen, als Charon für Quintus? Der Vogel schien in der Luft zu tanzen, eine Vision, die ihn für einige Momente aus der Wirklichkeit hob.

Bis er das leise Summen vernahm, das schnell lauter wurde. Ein Hubschrauber. Schon flog er in sein Blickfeld, beschrieb eine elegante halbe Kurve, stand in der Luft, bevor er an Höhe verlor und im Grün der Bäume versank.

Er lächelte.

Das silbergraue Kästchen hatte vollbracht, was seine einzige Aufgabe war.

Ein letzter Blick in die Runde. Der Habicht war nicht mehr zu sehen, war vom größeren, dem lauten Vogel, vom Himmel vertrieben.

Er wendete sich ab, ging davon. Kehrte im Wanderschritt zu seinem kleinen Wagen zurück. Auf seinem Weg hatte er nur einen Hund und einen Raubvogel, keinen einzigen Menschen gesehen.

Vom Parkplatz aus folgte er der Karte, fuhr auf schmalen Straßen hinüber zum Marbacher Stausee. Stellte auf dem Parkplatz neben der Straße das Auto ab, ging zum nahen Uferweg, blieb an einer unübersichtlichen Stelle stehen, warf das Kästchen weit hinaus in den See. Wartete geduldig ab, bis sich die Wasseroberfläche wieder völlig beruhigt hatte.

41

Wolf Vöst und Greta Wanger konnten mir sagen, in welchen Wellen die Nachricht von Quintus Heinrichs Tod sich ausbreitete, waren sie doch auf dieser Spur.

Im Internet tauchten gegen Abend die ersten vagen Gerüchte auf. Die Radiosender setzten zu diesem Zeitpunkt noch ein dickes Fragezeichen hinter ihre Meldungen. Für die Tagesschau kam die bis dahin nicht offiziell bestätigte Nachricht zu früh. Am späten Abend lag bereits eine lapidare, eigentlich nichtssagende Stellungnahme der Darmstädter Polizei vor. Vom Cautio-Konzern kein Wort.

Am nächsten Morgen war der plötzliche Tod des Vorstandsvorsitzenden der Cautio-Versicherungsgruppe *der* Aufmacher in allen Medien.

Die ersten Nachrufe taten sich mit einem solch schleimigen Ton hervor, dass sie nur mit Widerwillen überhaupt lesbar waren. *Selbst einem Monster* gab man also keine bösen, nicht einmal kritische Worte mit auf den langen Weg. Es war ein süßes Geklingel wie zur Weihnachtszeit.

Wiederum einen Tag später waren die Zeitungen voll mit seitengroßen Todesanzeigen.

Unglaublich, surreal, wie aus einer anderen Welt, die immer noch die unsere war.

Gefühlt jede Person, deren Gesicht in der Öffentlichkeit bekannt war, zudem fähig, einen ganzen verständlichen Satz zu formulieren, sprach in jedes Mikrofon, das ihr vor den Mund gehalten wurde.

In die Zeitungen ja, aber in das Internet warf ich in diesen Tagen keinen Blick.

Wolf Vöst und die junge IT-Spezialistin, die Greta Wanger hieß, seine letzte Mitarbeiterin im Kloster, da die anderen schon einer nach dem anderen nach München zurückgekehrt waren, blickten hinter die Kulissen, hoben den Vorhang, bliesen den Nebel zur Seite, sammelten, was tatsächlich in Politik, Wirtschaft, selbst bei Cautio, über das plötzliche Ableben von Heinrich kundgetan wurde.

Der Politik konnte es auf einmal nicht schnell genug gehen. Der Charon-Fonds wurde eingefroren. Der Wirtschaftsminister versprach der einen Moment lang ziemlich verunsicherten Bevölkerung umgehend den gesamten Versicherungssektor auf einen konsequenten Prüfstand zu stellen, um die Lage zu beruhigen. Der Bundestag einigte sich innerhalb von Stunden ohne das übliche Gerede auf einen Untersuchungsausschuss. Die Staatsanwaltschaft in Darmstadt kündigte Ermittlungen an. Der Generalbundesanwalt zog den Fall an sich, wie es so gerne verlautete, kochte etwas auf zu starker Flamme zu hoch, was für gewisse Kreise gefährlich werden konnte. Schon wurden hier und da verbale Absetzbewegungen in die Kameras gesprochen.

Eine Woche nach Heinrichs Ableben hatte sich alles beruhigt, die Wellen der zumeist künstlichen Empörung hatten sich geglättet. Wurde zu dem Thema berichtet, dann in Nebensätzen, jedenfalls nicht mehr an prominenter Stelle.

Der Cautio-Konzern verzichtete auf eine öffentliche Trauerfeier für ihren verstorbenen Vorstandsvorsitzenden. Die Beerdigung fand an unbekanntem Ort statt.

Für mich war es wichtig, dass niemand eine Verbindung zwischen Quintus' Tod und meinem Ausflug nach Hessen suchte.

Mein Vater hatte nichts dagegen, als ich mit ihm telefonierte, noch ein paar Wochen in der lauen Luft des Piemonts zu verbringen.

In meinem Haus, im Wintergarten, saß ich mit Wolf Vöst bei Traubensaft zusammen. Ich dankte ihm für seinen Einsatz, seine hervorragende Arbeit. Er reichte mir den Dank sofort zurück, sagte, es sei für ihn ein wirklich gutes Gefühl zu wissen, den Anforderungen der virtuellen Welt noch gewachsen zu sein. Doch nun freue er sich auf seine Insel, wolle zu seiner Staffelei, zu den Farben zurückkehren. Meinen Vorschlag, in München eine Ausstellung seiner Bilder zu organisieren, bat er zunächst einmal zurückzustellen, müsse darüber nachdenken, wisse nicht, ob er sich das antun wolle.

Zwei Tage später sah ich Wolf und Greta auf dem Flughafen zum Sicherheitscheck gehen. Beide blickten sie noch einmal zurück, winkten.

Wiederum zwei Tage später fuhren Magdalena und ich, dieses Mal in meinem Wagen, in die Pfalz, um einige ruhige Tage auf meinem Weingut zu verbringen, war doch in den letzten Monaten mein Ruhestand ziemlich unruhig gewesen.

42

Der erste Schnee.

In wenigen Stunden wird von ihm nichts mehr zu sehen sein. Dennoch lässt dieser Bote den Winter riechen.

Ich sitze am Tisch im Wintergarten, schreibe an den letzten Seiten im roten Buch. Sobald die grüne Tinte getrocknet ist, werde ich es zuschlagen und in meinen Safe legen, zum ersten roten Notizbuch.

Danach werde ich es mir im Lehnstuhl bequem machen, und *Winnetou I* in die Hand nehmen, noch ein wenig das Aufschlagen des Buches hinauszögern, indem ich einen langen Blick hinunter zum See genieße. Mein Bootshaus ist wieder leer, denn die *Magdalena* liegt in der Werft von Alwin Voglmeier im Winterquartier.

Jetzt, wo endlich wieder die mir so wichtige Ruhe eingekehrt ist, Magdalena und ich von einem bezaubernden Aufenthalt auf meinem Weingut zurück sind, werde ich in den nächsten Wochen mein Theaterstück noch einmal ernsthaft anpacken, denn ich glaube nun zu wissen, wo der Haken für mich lag (beinahe hätte ich das Manuskript im Kamin verbrannt). Ich habe mit Fritz Dessoir über meine Erkenntnis gesprochen und er hat zufrieden genickt, hat gesagt, seine Worte seien wohl auf fruchtbaren Boden gefallen und hat sein faustisches Grinsen gezeigt, dieser trickreiche Schauspieler, der das Stück spielen, mir jedoch das finanzielle Risiko überlassen wird.

Wer könnte mich in diesen stillen Tagen stören wollen? Hochwürden Demme eher nicht, da er mit den Vorbereitungen zur Advents- und Weihnachtszeit und dem Klostermanagement voll ausgelastet ist. Der Baron ist schon mehr ein Kandidat, um etwas Durcheinander zu veranstalten. Nach der aufregenden Cautio-Affäre ist er wieder kopfüber in sein Wasserprojekt eingetaucht. Mich hat er, ich mag ihm im Stillen dafür danken, seither nicht behelligt. In dieser Sache war ich ohnehin nicht sehr involviert. Hier und da sollte ich meinen Senf dazugeben, wie zum Design der Flasche, und zweimal bat er mich, Anteile zu zeichnen. Im Moment jedenfalls kenne ich den Stand der Dinge nicht, was auch der Grund für den latenten Verdacht ist, der Baron könnte mit seiner Wuseligkeit hereinschneien und ungeliebte Hektik verbreiten.

Neulich hatte ich meinen Gärtner hier. Zusammen haben wir einige neue Rosenstöcke gesetzt, den Boden stellenweise ausgetauscht, Mulch untergemischt. Die schweißtreibende Arbeit hat mir Freude gemacht.

Der Restaurator Leander Mendel wird ab dem neuen Jahr den hinteren Seitenflügel des Klosters beziehen, vorläufig nur zwei kleinere Räume, denn in diesem Gebäudeteil muss einiges gerichtet, aber vor allem modernisiert werden.

Den letzten Schluck von Rainers Scotch, zwei Finger hoch im Glas vor mir auf dem Tisch, werde ich trinken, wenn ich den

Schlusspunkt gesetzt und Rainer noch einen stillen Gruß zu den Sternen geschickt habe.

Rainers unerwartetes Auftauchen in Wien, sein gewaltsamer Tod am Ufer der Donau, hatten mir eine turbulente Zeit beschert. Der alte Kumpan, so denke ich mir amüsiert, wird zufrieden sein mit dem finalen Geschehen.

Von uns zweien, von Rainer und mir, steht seit einigen Tagen ein Foto in der Sammlung auf dem Kaminsims. Ich habe es zufällig in einer Schachtel voller alter Fotos gefunden. Es hält eine Szene fest, als wir uns bester Laune auf Deck eines Restaurantschiffes auf der Themse zutrinken.

Vorhin, nach gemeinsamem Frühstück, habe ich Magdalena zu ihrem Märchenhaus gefahren. Ihre Puppen warten, sie muss vereinbarte Termine einhalten. Übrigens hat sie einen neuen Kunden: Arthur Raabe.

Spät in der Nacht standen zwei nackte Menschen, die sich um die Hüften hielten, im warmen Wintergarten, schauten in den Garten und zum See hin, der im Dunst nur dunkel zu ahnen war, und es schneite ganz leicht.

In diesen Minuten wurde mir das tiefe Vertrauen zu dieser Frau bewusst, deren Hüfte ich an der meinen fühlte. Diese Gewissheit ist für mich ein unverhofftes Geschenk. Zwischen dem Erwachen am Morgen und dem Niederlegen am Abend bleibt mir Magdalena immer präsent. Ich bin dankbar, dass es sie für mich gibt. Diese Worte sind nur zu wahr. Für mich immer noch so ungewohnt neu.

Wenn ich lese, was ich da zu Papier bringe, erscheint es mir wie das Geständnis eines fremden Menschen. Ich kenne mich selbst kaum wieder. Schon auf der Neige seiner Lebenszeit wird ein neuer Leo geboren, einer, über den der alte zu lächeln vermag.

Für einen imaginären Zuschauer sitzt tatsächlich ein zufrieden lächelnd älterer Herr am Tisch. Kaum zu denken, dass er ohne jedes Zeichen eines unruhigen Gewissens den radikalen

Strich unter den unguten Schlamassel der vergangenen Monate gezogen hat, der ein ordentliches Ergebnis einer unerfreulichen Affäre zu bilanzieren vermag. Welchen Sinn, fragt er sich noch einmal, hatte der Tod zahlreicher Menschen in ganz Europa? Ging es doch nicht mal um das lockende falsche Gold der Macht, wie zumeist, sondern allein um gnadenlose finanzielle Gier.

Ich atme durch. Das ist nun vorbei. Was störte, das ist entfernt. Ein abgeschlossenes Kapitel. Vermag ich denn die Welt zu ändern?

Punkt.

Ich greife nach dem Glas. Der letzte Schluck Whisky. Zum Wohl, Rainer, alter Freund.

Für mich ist alles in bester Ordnung. Im Moment jedenfalls. Jetzt werde ich mir erst einmal reichlich Zeit schenken.

Michael Böhm

Herrn Petermanns unbedingter Wunsch nach Ruhe

176 Seiten
gebunden
Edition 211
im Bookspot Verlag
ISBN 978-3-937357-80-5
14,80 €

Es ist diese Ruhe, die Leo Petermann, Exchef des Softwareriesen »Pythagoras«, in das Haus über dem See lockte. Er beschäftigt sich mit seiner Kunstsammlung, seinen Büchern, erfreut sich an seinen Rosen, hat nun Zeit zum Schreiben, einem Jugendtraum. Hin und wieder genießt er die Wärme seiner Geliebten. Vor allem aber badet er regelrecht in der Stille der Landschaft.

Doch auf einmal ist es damit vorbei. In unmittelbarer Nachbarschaft stellen junge Motorradfreaks den Alltag auf den Kopf. Die Kakophonie des Lärms lässt die kleine heile Welt in tausend Teilchen zerspringen. Aber Petermann ist entschlossen, seinen Garten Eden zu verteidigen. Er sorgt auf seine Art dafür, dass der Frieden in seinen beschaulichen Weiler zurückkehrt.

... eine herrlich böse, im wahrsten Sinne des Wortes abgründige Geschichte, die zu lesen es in jedem Fall lohnt. Ein ganz besonderes Buch!

Eva Hüppen, www.leser-welt.de

Bitte beachten Sie die Leseprobe auf den folgenden Seiten.

1

Morgens beim Rasieren sieht Dr. Leo Petermann in das liebenswürdig lächelnde Gesicht eines Mörders.

Der Gedanke, diese Erkenntnis, dringt nicht einmal bis in mein Bewusstsein vor. Die Augen blicken mich nur ganz kurz aus dem Spiegel heraus kühl und ruhig an, lächeln nicht mit. Und schon kehrt das Lächeln in die Augen zurück. Ich grüße den Mann im Spiegel freundlich. Höflichkeit ist nun mal unwiderstehlich. Zusammen mit einem warmen Lächeln sind das erfolgreiche Waffen im ständigen Kampf mit den Mitmenschen. Damit sind sogar unüberwindlich erscheinende Festungen einzunehmen. Diese für mich wichtige, ja entscheidende Weisheit hatte ich als einen der ersten Eckpfeiler meines Lebens schon früh begriffen. Seitdem war die Liebenswürdigkeit stets ein wesentliches Zeichen meiner Persönlichkeit, wurde die Höflichkeit zu einem Teil meines Wesens. Und so wird es für den schmalen Rest meines Lebens auch bleiben.

Der neue Tag kann beginnen. Er wird so ablaufen, wie ich ihn mir vornehme, ihn mir gestalte. Ich habe mir nämlich die Freiheit erworben, zu machen, wonach mir der Sinn steht.

Heute setze ich mich an meinen Schreibtisch und fange an, mit grüner Tinte in ein leeres, rot gebundenes Buch zu schreiben.

Zu Beginn des Textes möchte ich erst einmal bei meinem Spiegelthema bleiben.

Als Dickköpfigkeit, Trotz, Zorn, die natürlichen Kampfmittel eines Kindes, zumeist an gezogenen Grenzen scheiterten, also zu nichts führten, den Gegenwind des überlegenen Gegners eher noch erhöhten, nahm ich mir, ein instinktives Wollen, mein damaliges Kindermädchen zum Vorbild. Verfolgte gespannt, wie sie es machte, jeden – und vor allem mich – regelrecht um den Finger zu wickeln. Weshalb waren alle, mit denen sie zu tun hatte, so nett zu ihr? Ich ließ Christa eine ganze Weile nicht mehr aus den Augen. Sie war mein erstes Forschungsobjekt. Ich sammelte Fakten, unterzog diese immer wieder einer Analyse. Ein noch unbewusster, ganz natürlicher Vorgang, denn damals gehörten Vokabeln wie *Fakten* oder *Analyse* noch längst nicht zu meinem Wortschatz. Und eines Tages wusste ich, erkannte ich die Antwort. Christa war zu allen höflich und zuvorkommend, schien jeden ernst, ja wichtig zu nehmen. Wie sie es machte, wirkte es nicht aufgesetzt, nicht gespielt. Christa war einfach so. Eine freundliche Person eben. Eine Frau, die mit einer Leichtigkeit erreichte, was wohl keine bewusst eingesetzte Strategie so einfach vermocht hätte.

Meiner Aufmerksamkeit entging ebenfalls nicht, dass Höflichkeit als eine hervorragende Tarnung dienen kann. Auf jeden Fall: Ich verdanke der Höflichkeit viel. Letztendlich wohl auch das wunderschöne Haus über dem See. Dort, im Weiler Kimmling-Hof, lebe ich seit etwas mehr als einem Jahr. Es war ein gutes Jahr. Wenn ich es in Gedanken Revue passieren lasse, eines der besten in meinem Leben, da es so gut wie immer selbstbestimmt, nur zu einem ganz geringen Teil fremdbestimmt ablief. Ich komme nicht leichtfertig zu dieser Aussage. Habe genügend Vergleichszeit angehäuft. Darf inzwischen auf sechs Jahrzehnte zurückblicken.

Wie bin ich in Kimmling-Hof gelandet?

An einem frühen Sonntagabend fuhr ich in meinem Wagen über Land, um einen Ort zu finden, der mich vielleicht verlocken könnte, dort für den Rest meines Lebens zu bleiben. Zudem hatte ich nachzudenken, wollte dabei nicht in meinen vier Wänden in München hin und her laufen. Meine Augen sollten die Grenze für meine Gedanken bestimmen. Ich wollte für den Rest meiner Zeit nicht mehr rund um die Uhr, wie seit Jahrzehnten, nur für die Firma, war es auch die meine, da sein. Noch hatte ich den roten Faden einer Alternative nicht in den Händen. Darum ging es, als ich fast den von Ästen eines Obstbaumes verdeckten Wegweiser hinunter zum See übersehen hätte. Ich war schon vorüber, setzte zurück und rollte im Schritttempo den geteerten Weg abwärts. Und dann entdeckte ich das Schild auf der Krone einer pittoresken Mauer, was heißen soll, sie war nicht mehr allzu gut in Form. Auf dem Schild standen zwei mit roter Farbe gepinselte Worte. *Zu verkaufen*. Das waren die magischen Zeichen, die den weiteren Weg vorgaben, den Denkprozess ab diesem Augenblick steuerten. Ich saß im Auto, der Motor lief, und ich starrte die zwei Worte an. Nach einigen Minuten stieg ich aus und kletterte auf die Mauer, sah das Haus und den Garten und den Blick hinunter zum See. Gerade in diesen Momenten malte die Sonne das Wasser golden. Farben, süß wie Limonade. Kitsch. Ich stand und schaute, bis das Wasser wieder fast schwarz wurde, begann mir dabei vorzustellen, wie ich auf diesem Fleckchen Erde meine Zeit verbringen würde.

Es zeigte sich tatsächlich, dass es eine gute Entscheidung war, mich hierher zurückzuziehen, die meiste Zeit mit mir alleine zu sein. Kann mich in meinem Refugium beschäftigen wie ich will, mich ungestört mit mir selbst befassen. Ohne Zeugen mit den hellen und den dunklen Seiten meines Wesens toben. Meine innere Stimme hat sich mit der Zeit immer mehr in den Vordergrund geredet und mich davon überzeugt, dass mir nicht mehr viel Zeit bleibt. Kein Arzt wird auf der Suche nach einer versteckten Krankheit bei mir fündig werden. Das weiß ich. Dennoch bin ich überzeugt, dass das Ende meines Lebens in der nahen Zukunft liegt. Nachdem die Stimme in meinem Kopf die Ahnung zur Gewissheit hochgeredet hatte, begann ich meinen Nachlass zu planen. Und dazu gehörte vor allem der Rückzug auf das Land. Nach Kimmling. Inzwischen ist so gut wie alles geordnet, einschließlich des Ablaufs meiner Beerdigung. So kann ich unbelastet von Ablenkung meine letzte Zeitspanne leben.

Wenn die Ruhe gegen Abend zur Stille wird, dann ist das jedes Mal ein Geschenk für meine Seele, so ich eine habe, wie Schopenhauer sagte. Ruhe ist ein unschätzbares Gut. Ich werde jedenfalls alles unternehmen, um mein kleines Reich, meinen Garten Eden, gegen mutwillige Störungen zu verteidigen. Wenn ich *alles* schreibe, dann meine ich auch alles.

Ein penetranter, unbelehrbarer Störenfried musste bereits für seine Sünden büßen.

Der Mann in dem Haus am Hang über dem See hat ihn auf den weiten Weg geschickt, von dem es keine Rückkehr gibt. Wenn der Mann am Morgen ab und zu sein Gesicht im Spiegel betrachtet, vermag er das Kainszeichen nicht zu entdecken, sucht es ernsthaft auch gar nicht. Niemand in seiner Umgebung vermutet in ihm einen Mörder. Die Menschen, mit denen er zu tun hat, etwa seine Nachbarn, sehen in ihm einen netten, zuvorkommenden älteren Herrn, der gerne hilft, wird er um Unterstützung gebeten.

Wie ist das mit dem Thema Tod?

Leo Petermann beschäftigt sich damit. Wie geht er mit den entscheidenden Fragen um? Hat er Angst vor dem Jenseits? Oder fühlt er vielmehr Neugierde? Der Tod ist für ihn kein theoretischer Fixpunkt. Nicht mehr, wie gesagt. Da ist zunächst einmal das Bewusstsein über seine eigene Endlichkeit auf Erden. Zum Zweiten der Tod eines Menschen, den er kalt, völlig emotionslos geplant und herbeigeführt hat. Belastet der Tote sein Gewissen? Er möchte nicht einfach so nein *sagen. Er hört in sich hinein, forscht der Aussage seines Gewissens nach. In seinem Gesicht findet er nicht den Daumenabdruck Gottes, keinen Hinweis, der ihn zur Reue aufruft. Da war für ihn nur dieser dumme Mensch, der für seine provozierende Ungezogenheit bestraft wurde.*

Was ich fühle, was ich höre, ist die Rückkehr der Stille auf den sanften Hügel über dem See.

Nein, ich vertrete keineswegs den Standpunkt, das Gewissen existiere nicht. Möchte da nicht falsch verstanden werden. Allerdings ist es meine Ansicht, dass ebenso wie bei den Tieren auch beim Menschen ein Gewissen nicht zur Grundausstattung des Baukastens der Natur gehört. Dann nämlich hätten sich die Menschen im Laufe der Geschichte ganz anders aufführen müssen. Das, was wir Gewissen nennen, ist dem Menschen anerzogen, das Ergebnis von Jahrtausenden, ist die lenkende Zuchtrute bei der Erziehung durch Eltern, Schule oder Kirche. Gewissen setzt unbedingt die Erkenntnis, das Eingeständnis von Schuld voraus.

Meine Eltern hatten keinen Einfluss, keinerlei Wirkung auf mich. Aus völlig unterschiedlichen Gründen. Meine Mutter habe ich nie kennengelernt. Sie starb nur wenige Monate nach meiner Geburt. Mein Vater kümmerte sich nicht um seinen Sohn. Dafür gibt es übrigens bis heute keine Anzeichen. Der Herr Professor lebte immer nur für die Wissenschaft. Wollte mit seiner Arbeit als Forscher die Menschheit einen Schritt weiterbringen. (So hat er es tatsächlich einmal formuliert.) Um die ersten tapsigen Gehversuche seines Sprösslings zu verfolgen, hatte er nicht nur keine Zeit, daran verschwendete er nicht einmal einen Gedanken. Verbrachte lieber seine Tage auf dem Campus, am Schreibtisch im Studierzimmer, *von Bücherwänden eingemauert* (wie er gerne ironisch gefärbt sagte), oder auf Symposien beim Austausch mit anderen klugen Köpfen. Also woher sollte er bitte die Zeit nehmen, vorausgesetzt er hätte es gewollt, seinem Kind Grundwerte zu vermitteln? Den kleinen Kerl aufzuziehen, überließ er großzügig den wechselnden Kindermädchen. Nur eines von ihnen, Christa, hat sich bis heute in meiner Erinnerung behauptet. Christa pflegte meine körperlichen Bedürfnisse, für Geist oder Seele sah sie sich nicht zuständig. Im privaten Kindergarten, der unter dem Kommando der lieben Tante Gretel reibungslos funktionierte, hatte Christas Vorbild bereits so weit Früchte getragen, um sicher getarnt zu sein. Im Internat – vom ersten Tag meiner Schulzeit bis zum letzten war ich Internatsschüler – war ich bereits ein Profi jener formvollendeten Liebenswürdigkeit. Mit ihr als Rüstung lächelte ich mich erfolgreich durch die Schuljahre. Ich sah mir von außen zu, dem Schauspieler, der auf der Bühne agiert. Einfluss auf mein Denken und Fühlen ließ ich nicht zu. Mein Inneres war von außen nicht mehr zugänglich. Der Kirche in Person des Internatsgeistlichen oder des Religionslehrers bin ich elegant ausgewichen. Letzterer hatte mich einmal *Leo, der Schwindler* genannt. Damit liefen die Versuche, mich in den Zirkel der Kirche zu locken, ins Leere. Sie rannten gegen eine Wand eisiger Höflichkeit. Ab da hatte die Kirche keinen Zugriff mehr auf mich, bekam auch keine Chance mehr.

Es brauchte seine Zeit, bis ich mir eingestand, offenbar nicht zu besitzen, was die anderen *das Gewissen* nannten. Es war in der Oberstufe, als mir das deutlich wurde.

2

Wie lange liege ich schon vor mich hindämmernd in meinem Bett? Es ist noch ziemlich zeitig am Morgen, fühle ich, weiß es nicht. Irgendwann bin ich so weit wach, mich zur Seite zu rollen, auf die Uhr zu sehen, um mir Gewissheit zu verschaffen. Halb drei. Die Stunde des Wolfes. Die Statistik behauptet, in den sechzig Minuten zwischen zwei und drei sterben die meisten Menschen. Wird sie auch meine Todesstunde sein? Soll ich es als Zeichen werten, gerade um diese Zeit aufzuwachen? Wenn es so weit ist, wer wird mich finden? Vermutlich Martha. Sicher ist nur, niemand wird bei mir sein, wenn ich den Schritt ins Jenseits mache, meinen Erdenweg beende. Ich schlafe alleine. Bewohne mein Haus alleine. Was sind das für Gedanken? Sie beginnen im Kreis zu laufen, blasen sich zu einem Haufen Schwachsinn auf. Ich kenne das. Kann recht gut damit umgehen. Um dem einen Schlusspunkt zu setzen, schwinge ich meine Beine aus dem Bett. Der Schlaf hat sich längst verzogen. An der Schalttafel in der Küche drücke ich das Icon, um die Läden hochfahren zu lassen. Auf nackten Sohlen streife ich einfach so durch das dunkle Haus. In der Küche trinke ich ein Glas Wasser. Trete auf die Terrasse hinaus. Die Luft ist frisch. Ein klarer Sternenhimmel. Über dem See schwebt Nebel. In der Bibliothek versuche ich, im *Glasperlenspiel* zu lesen. Nach noch nicht einmal einer Seite lege ich das Buch wieder auf den Tisch zurück. Mein Kopf weigert sich, dem wunderbaren Text zu folgen. Gehe ins Bad hinauf. Grüße den

Mann im Spiegel mit einem freundlichen Grinsen. Kämme meine Haare, putze meine Zähne, rasiere mich. Immer noch im Schlafanzug setze ich mich an den Schreibtisch. Lese erst einmal die Abschnitte, die ich gestern geschrieben habe. Korrigiere hier und da, und schreibe dann weiter. Schreiben gehört zu meinem Tag im Haus über dem See.

Schon als Jugendlicher schrieb ich gerne. Es gefiel mir, eine andere Wirklichkeit allein durch Worte entstehen zu lassen. Angestachelt von unserem Deutschlehrer schrieb ich zwei kurze Stücke, die von der Theatergruppe der Schule aufgeführt wurden. Autor zu sein beförderte mich, zumindest für eine Weile, zu einem Star unter den Mitschülern. Allein, es blieb nur eine Episode. Nach der Schulzeit wurden die Weichen anders gestellt. Der Antrieb zum Schreiben war nicht einmal stark genug, um ein Tagebuch zu führen. Doch irgendwo in einer versteckten Falte meines Wesens blieb der Wunsch zu schreiben über die Jahre hinweg immer wach. Seit ich in Kimmling-Hof lebe, einem Weiler mit einem halben Dutzend locker am Hang verteilten Höfen sowie einigen auf großen Grundstücken stehenden Häusern, habe ich nun die Zeit für das Spiel mit der Fantasie und den Worten. Jetzt kann ich mir die Spinnerei mit Ideen erlauben. Kann mit ihnen spielen. Spielen. Das ist etwas, was ich bisher nicht kannte. Ein Herumtollen im weiten, unbegrenzten Garten der Sprache. Es macht Spaß, mit Wörtern zu hantieren. Ich baue fragile Türme damit. Wie andere es mit Bierdeckeln machen. Ich bin sehr behutsam, damit meine Wortgebäude nicht in sich zusammenstürzen.

3

Ich bin mit dem Fahrrad unterwegs nach Kimmling, um beim Bäcker List meine Frühstückssemmeln zu holen. Könnte sie mir auch bringen lassen. Aber diese morgendliche Ausfahrt bei

Wind und Wetter tut mir gut. Auf dem kurzen Anstieg vor dem Ort höre ich oft den Zug pfeifen, noch bevor ich ihn sehe. Wie ein beweglicher Scherenschnitt rollt der Schienenbus dunkel gegen den helleren Himmel auf der Höhe lautlos auf Kimmling zu. Wenn ich die Schienen erreiche, ist die Bahn bereits vorüber, steht vor dem kleinen Bahnhof.

Während ich in der Bäckerei vor der Theke warte, bis ich an der Reihe bin, sehe ich die Frau durch die Schaufensterscheibe. Zufällig. Hätte ich mich nicht umgedreht, wäre sie gleich wieder aus dem Bild gewesen. Was tut sie hier? Macht sie Urlaub? Möglich. Die Fremdenzimmer im Ort sind, soviel ich weiß, gut ausgelastet. Weshalb verschwende ich überhaupt Gedanken an diese Fremde? Was geht sie mich denn an? Nichts. Überhaupt nichts. Dennoch frage ich gleich darauf die Verkäuferin so nebenbei nach der Unbekannten. Die Frau suche ein Haus in der Gegend, kommt die Antwort prompt, wohne drüben beim Lindenwirt.

Darf ich einfach so daraus schließen, sie ist nicht wegen mir hier? Die Frau ist mir nämlich in den letzten Tagen zu häufig über den Weg gelaufen, um sie einfach abzutun. Auch wenn Kimmling nur ein kleines Dorf ist, kann ich nicht an eine solche Häufung von Zufällen glauben.

Ich verlasse die Bäckerei, besteige mein Fahrrad und habe die Frau schon aus meinen Gedanken verabschiedet.

4

Es war nach den ersten Wochen, als Korbinian mich herumführte, mir die nähere Umgebung vorstellte.

Wir sagten noch nicht *du* zueinander, doch Korbinian schon *Herr Doktor* zu mir. Ich habe mir da noch nicht vorstellen können, dass dieser breitschultrige, direkte, mit viel Mutterwitz gesegnete Mann, dass er mir einmal zu dem werden würde, was die

Italiener *Freund des Herzens* nennen. Diese Stelle hatte ich bisher noch nie zu besetzen gehabt.

Der Himmel war blassblau, die Luft angenehm kühl, ein heller, durchsichtiger Morgen. Wir schritten über die Wiesen auf den Wald zu. Bevor wir den Turm erreichen würden, wollte er mir die im Wald versteckten Felsen zeigen. Tatsächlich waren es mächtige Brocken, stark mit Moos überzogen und stellenweise von kleinen, verkrüppelten Bäumen bewachsen. Korbinian führte mich in das Felsenlabyrinth hinein und deutete auf zwei gegenüberliegende, mit ihrer stumpfen Schwärze drohend wirkende Spalten. Auf seinem Gesicht meinte ich einen gewissen Stolz zu erkennen, den ich mir zunächst einmal nicht erklären konnte. Inzwischen weiß ich, es ist der Ausdruck von Korbinians Stolz auf seine Heimat. Er stammt aus Kimmling und viele herzeigbare Besonderheiten hat der kleine Ort nicht aufzuweisen. Die Spalten führen tief hinunter, sagte er. Wie tief? Keine Ahnung. Es war noch keiner unten. Warum nicht? Ich beugte mich über die Spalte. Ein nicht zu dicker Mensch müsste da hineinschlüpfen können. Zu uninteressant, zu unbedeutend für Höhlenforscher, meinte Korbinian. Wir gingen zurück zum Weg und weiter hinauf zum Turm.

Welche Rolle diese Felsspalten noch spielen sollten, war wirklich nicht einmal zu ahnen, lag noch in der Zukunft versteckt.

…

V. S. Gerling

Falsche Fährten

448 Seiten
Klappenbroschur
Edition 211
im Bookspot Verlag
ISBN 978-3-95669-033-4
14,80 €

Ein neuer Fall für Nicolas Eichborn und Helen Wagner vom BKA: In Deutschland werden mehrere Ärzte getötet. Eines der Opfer wurde darüber hinaus gefoltert. Im Zuge ihrer Ermittlungen stellen Eichborn und Wagner fest, dass die Opfer eines verbindet: Sie alle haben an einem gemeinsamen Projekt zu Zeiten der DDR gearbeitet – ein Projekt, das Todesopfer forderte.

Die beiden Ermittler tauchen ein in die Welt der Pharmariesen und erfahren sehr schnell, dass es Menschen gibt, die für Geld über Leichen gehen. Aber noch etwas anderes wird ihnen klar: Nichts ist so, wie es anfangs schien …